U0840635

無人島のふたり

孤岛上的两人

“必须活过 120 天”日记

Fumio Yamamoto

[日] 山本文绪

—著

熊韵

—译

CTS 湖南文艺出版社

· 长沙 ·

图书在版编目（CIP）数据

孤岛上的两人 /（日）山本文绪著；熊韵译.
长沙：湖南文艺出版社，2025. 7. -- ISBN 978-7-5726-2399-8

Ⅰ. I313.65

中国国家版本馆 CIP 数据核字第 2025ZT0471 号

MUJINTOU NO FUTARI : 120NICHI IJO IKINAKUCHA NIKKI
byYAMAMOTO Fumio
Copyright © Fumio Yamamoto 2022
All rights reserved.
Original Japanese edition published in 2022 by SHINCHOSHA Publishing Co., Ltd.
Chinese translation rights in simplified characters arranged with SHINCHOSHA Publishing Co., Ltd. through Japan Creative Agency, Tokyo.
Chinese translation copyrights in simplified characters ©2025 by Human Literature and Art publishing House, China

著作权合同登记号：图字 18-2023-247

孤岛上的两人

GUDAO SHANG DE LIANG REN

著　　者：[日] 山本文绪
译　　者：熊　韵
出 版 人：陈新文
监　　制：谭菁菁
责任编辑：冯　博　李　颖
策　　划：李　颖
特约编辑：李　颖　黎添禹
营销编辑：王思佳
封面设计：尚燕平
内文设计：刘佳灿

出版发行：湖南文艺出版社
（长沙市雨花区东二环一段 508 号　邮编：410014）
网　　址：www.hnwy.net
印　　刷：长沙新湘诚印刷有限公司
经　　销：新华书店
开　　本：787mm × 1092mm　1/32
字　　数：85 千字
印　　张：5.5
版　　次：2025 年 7 月第 1 版
印　　次：2025 年 7 月第 1 次印刷
书　　号：ISBN 978-7-5726-2399-8
定　　价：45.00 元

版权所有，侵权必究

目 录

2021 年 4 月，我突然被诊断出胰腺癌，当时已经进展到 4b 期，除了用化疗[1]延缓病程，再也没有其他治疗方法。

虽然听说现今的抗癌治疗不同以往，副作用有所减轻，但我在采用该方案治疗期间，整个人如坠地狱般痛苦，甚至觉得化疗会比癌症更早地杀死我。于是，在与医生、心理咨询师、丈夫商量之后，我决定改用缓和治疗[2]。

这本日记就是以此为背景，开始于 2021 年 5 月。

---

1 化疗：化学药物治疗，通过强效化学药物（包括服用药、注射药、栓剂、软膏等）杀灭癌细胞，达到治疗目的。这类药物无法区分正常细胞与癌细胞，会对身体产生一定毒性，使用后也会出现一些毒副作用。

2 缓和治疗：在对癌症患者的治疗中，不仅仅以治愈为目的，也采取各种手段（比如使用吗啡）来缓解病痛，对患者进行细致的应对处理。

第 一 章

5 月 24 日—6 月 21 日

5 月 24 日（周一）

原本计划跟丈夫同去东京，但我昨晚忽然开始腹泻，情况比较严重，直到今早也没恢复，整个人疲惫不堪，最终只好让丈夫独自出行。

我在驹込租过一个单间公寓，丈夫是去做退租前的确认。按照原计划，我们只需整理出贵重物品，再支付一笔费用给搬家公司，请他们把剩下的东西扔掉就行。如果可以，我很想亲自善后，但眼下别无他法，心里十分难受。

虽然已经商定了流程，热心的丈夫还是多次往返垃圾站，估计帮我扔了不少东西，还帮我找到了先前弄丢的保险柜钥匙。

之后，丈夫去了趟国立癌症中心，为征询第二诊疗意见[1]提交相关资料。

其间，我在家无所事事，抱着遭罪的肚子躺着休息，平时默不作声的座机响了好几回，但我一次也没接。

1　第二诊疗意见：指患者听取主治医生以外的第三方或其他医疗机构医生的诊疗意见，这样既可以避免主治医生因经济利益做出不客观的判断，又能为患者提供更多可选择的治疗方案。第二诊疗不涉及检查和治疗，只是按原有病历及相关检查资料做判断，因此患者本人可以不在场。

后来听了电话留言，来电对象和事由包括：1.诊所来电确认居家治疗的预约事宜；2. NHK[1]的会计来电询问；3.常年为我诊治的心内科医生说“很担心你的状况”；4. Wi-Fi推销。

另外，家里用了很多年的微波炉坏了。

1 NHK：日本广播协会。

5月25日（周二）

突然开始掉头发了。

早上起床脱睡衣时，有什么东西从我赤裸的背部滑过，回头一看，地板上有大量掉落的头发。用手指拈起一撮头发轻轻一扯，青白的头皮就露了出来。从前看过的电影《盗日者》里，被辐射影响的Julie[1]不断脱发的画面在脑海中浮现。我立刻跑进洗手间拿梳子梳了几下，头发掉得厉害。

我明明只做过一次化疗，且三周前就结束了，不应该掉头发啊。现实却给了我沉重一击。

我叫来丈夫，想告诉他这件事，话没出口，眼泪却已奔涌而出。丈夫瞥见地上掉落的大量头发，猜到发生了什么事，一边轻声对我说“没关系的，没关系”，一边陪我落泪。

头发越扯就掉得越多，我坐在洗手台前发疯似的狂扯头发。其间，丈夫用吸尘器清理了卧室地面，洗干净了落满头发的床单。

---

1 Julie：《盗日者》的主演泽田研二的昵称。

话虽如此，人类的发量还是令人惊叹，就算我扯掉了很多，旁人看来也并无异样。因头皮吃痛而失神时，我忽然想到，应该趁自己还有头发的时候多出门走走，于是让丈夫开车带我去了一家稍远的咖啡厅。

那家咖啡厅几乎算是在山里，上台阶的时候，双腿比想象中还要虚浮，我也因此真切体会到，自己的身体正在日益衰弱。或许过不了多久，我连这里也没法来了。脱落的头发不断从帽子缝里落到肩上，丈夫都帮我拂掉了。

回家路上，我们在电器店买了新的微波炉。

明天要去诊所接受缓和治疗的初诊。

不久前，重病患者似乎还只能靠大医院的主治医生全权负责治疗，如今已经可以找各种机构了解情况、寻求建议了，真是值得庆幸。希望我能安心地迎来死亡。

5月26日（周三）

今天的阳光几近刺眼，天空很蓝。

我在离家不太远的小型医院接受了初诊。

这家A诊所开张还不到两年，据说能实施访问介护[1]、儿童治疗、缓和治疗等多种治疗手段。

此前，我一直在本地最大的癌症诊疗合作据点医院[2]，即B医疗中心接受治疗，那里的心理咨询师为我介绍了A诊所。虽然B医疗中心也能做缓和治疗，但我希望尽量避免入院等待死亡，所以选择了居家治疗。

到了诊所一看，环境完全不像是医院，建筑宛如别墅，内部有大厨房、楼梯井和几个小房间，每个房间的布置都令人放松。墙壁是白色，巨大的窗外有耀眼的新绿，背后树林里，几

1　访问介护：基于介护保险的介护服务，是介护人员到患者家中访问，并提供身体照顾、家务援助、日常生活辅助或心理指导等服务。访问介护与访问看护有细微的差别，但本书作者并未区分，所以书中的介护与看护可作同义理解。

2　癌症诊疗合作据点医院（がん診療連携拠点病院）：为了让全国各地的患者都能接受高质量的癌症治疗，日本在全国范围内指定了癌症诊疗合作据点医院456所，地区癌症诊疗合作据点医院357所，特定领域癌症诊疗合作据点医院1所，地区癌症诊疗医院47所。（来自日本厚生劳动省2023年4月1日的数据）

位院方人士正坐在椅子上讨论些什么。

我和丈夫被带到一个面朝庭院的房间，接待我们的是两位女员工。她们大概都是医生（因为没有拿到名片，我也不太确定），却穿着日常的私服。

我们笑着聊了会儿天，女员工 O 才柔声说："能把你至今为止的经历都跟我说说吗？"

我事前就知道，B 医疗中心已经寄来了介绍信或病历概况之类的东西，所以想着，不如用我自己的语言来讲吧。

"这个啊，说起来——"我开口了。

最初，我只是感觉胃不舒服。想着去年（2020 年）年末参与了紧张的（电视节目录制）工作，或许是因此把胃搞坏了吧，就买了 Gaster 10[1] 来吃，症状暂时有所缓解。

可年后，我又开始觉得胃痛、烧心，刚好那阵，我预约了短期住院体检，在问诊时跟医生提到那些不适症状，医生建议我尽快做个胃镜。虽然疼痛还在持续，但并不严重，所以我想着等体检详细结果出来以后再说。

1 Gaster 10：日本研发的一种肠胃药。片剂。

2月初，我收到了体检报告，看到上面“疑似肠梗阻”的字样，顿时脸色发白，赶紧跑到离家最近的C综合医院。

在那里先做了钡餐造影检查，结论是肠道没有问题，也没发现肿瘤标志，之后，我又做了胃镜，诊断结果是“可能有慢性胃炎”。我一听是胃炎，顿时松了口气，决定先吃胃药观察一段时间。那是3月上旬的事。

我天真地以为，只要坚持服药、注意饮食，应该很快就能治好吧。但疼痛丝毫没有减轻，还逐渐蔓延到背部。我一度在半夜痛醒，来不及等到复查时间，就再次跑到C医院，医生却找不出病因。我只能拜托他帮我开些更强效的胃药，吃了一段时间，还是没有好转。一星期后的早上，因疼痛而彻夜难眠的我，让丈夫帮忙挂了C医院的急诊。

我做了第二次血液检查，躺在急诊病床上打点滴时，医生忽然跑来告诉我：“γ异常！”听到我的γ-GTP[1]数值超过1000时，我也怀疑自己听错了。接着立刻做了MRI[2]，从片子上看，似乎是胆管堵塞，可能是胆结石，也可能不是。医生说，无论哪种，我们这里都没法处理，请移步B医疗中心。

---

1 γ-GTP：一种生化检查指标，正常数值为3-50μ/L。

2 MRI：核磁共振成像。

幸好，我们顺利挂上了B医疗中心当天下午晚些时间的号，虽然身体遭罪，但好歹能去大医院做检查了，我总算放下心来。

之后又是各种检查，我为此住进医院。为避免出现黄疸，首先把电子内窥镜探入堵塞的胆管检查（还做了活检），然后是超声、造影CT[1]、PET[2]检查。我在茫然无措之际，得到了“胰腺癌4期”的诊断结果。

由于肿瘤长的位置不好，没法做手术，如果尚未转移，还可以考虑做放疗[3]，但已经转移，就只剩化疗这一条路了。不过就算接受化疗，也未必就能治愈，只是延缓病程而已。

说实话，我听到这些的时候，只觉得大脑一片空白。

我每年都会做短期住院体检，戒掉烟酒之后，13年都不曾沾染，饮食上也并无出格。

胰腺癌就那么难以发现吗？

不只是我，连丈夫也呆住了。拿到检查结果那天，我们俩都手足无措，不知如何是好。

1　造影CT：使用静脉注射碘造影剂的方式做的CT。因为造影剂会产生副作用，一般只用于腹部肿瘤、血管病变等精密检查。

2　PET：正电子发射断层扫描，属于放射性核素扫描的一种，一般用于检查心脑血流及活动，也用于检查癌症和其他异常。

3　放疗：放射治疗，利用放射线杀死癌细胞，是一种局部治疗的方法。

但无论如何，若是决定接受化疗，就越早开始越好。我慌忙去买了顶医用假发，因为后天就要接受第一次化疗了。

虽然事先做了充分的心理准备，但治疗过程还是让我痛苦得体无完肤。那一周时间，让我坚定了不再接受化疗的决心。

决定停止化疗以后，B 医疗中心就不再适合我了。当我提出要做缓和治疗的时候，B 医疗中心的医生表示，这不是他们擅长的领域，建议我考虑到地区诊所并诊[1]。所以我今天来到了这里。

此外，我还问了 B 医疗中心的主治医生 K 一个此前刻意避开的问题，就是我还能活多久。如果选择化疗，预后[2]时间大概很难估计，但我放弃了化疗，照理说答案应该很明确。K 医生先强调“这只是理论上的答案”，然后说我的预后约为半年。顺带一提，就算化疗有用，我大概也只能活 9 个月。

我讲了很久，A 诊所的 O 医生认真听着，一次也没打断。

之后，我们就今后的注意事项谈了一个多小时。这是我第

1　并诊：为推动医院与诊所的职能分工而提出的方案，但似乎并未在日本全国普及。

2　预后：指根据经验预测的疾病发展情况。此处代指剩余寿命。

一次平静地与家人之外的人聊起生病的话题，丈夫大概也是第一次说出他的想法。

太好了。真是太好了。诊所的医护人员不仅能帮助我，还能把照顾我的经验用在今后接待的患者身上。这下，我应该能死得比较安心了。

真想让 5 年前因癌症去世的父亲也接受这样的治疗啊。父亲讨厌医院，为避免住院总是拼命忍痛，直到忍无可忍，才被救护车送进了医院。我当时劝他找个能出诊的医生，可他害怕离开大医院，怎么说也不听。

因为心情蓦地放松，回家路上顺道去咖啡厅点了咖喱饭吃。虽然连一半也没吃完，但久违的咖喱真是太好吃了。

5 月 27 日（周四）

或许是因为昨天在诊所坦白了心声，事后，我情绪上涌，难以平复。

“如果可以，还想再次看到自己的书出版。”

这念头止也止不住。

其实我今年本就有出版短篇集的计划，想把过去在文艺杂志、文集上发表过的东西搜罗起来，再写个新的短篇一起出版。

但新短篇迟迟没能写完，进展也越发缓慢。加上去年出版的长篇小说《自转时公转的都小姐》[1] 销量意外地不错，宣传工作持续了很久，到今年才终于有时间集中精力创作新短篇，这会儿又因为身体出了问题而难有进展。

之后就确诊了病情。得知剩余寿命后，我把写了四分之三的小说从头读过，认为写得太差，没法充当遗作，但我也没时间再重写了。

事实上，在进行化疗期间，注射了抗癌药物后，我头昏眼

---

1 原名『自転しながら公転する』，直译是《自转时公转》，此处采用中文引进版译名。

花，根本看不了手机和电脑，连工作邮件也是让前任责编（我的丈夫）帮忙收取、回复的。

我哭着跟丈夫商量："之前让你帮我推迟短篇集的出版，这会儿新作没能完成，又想让你加紧把书做出来。我也知道这个要求很任性，不是那么简单就能办到，但你能不能帮我告诉出版方，就直说我时日无多，请他们帮帮忙？"

闻言，丈夫立即致电出版方，向我们合作已久的 H 老师解释了事情原委。我也接了电话，拿着手机不断鞠躬。H 老师非常吃惊，然后哽咽着承诺，一定全力以赴。

真的非常感谢他们能接受我如此任性的要求。

不只是编辑老师，我也给包括校对老师、设计老师在内的诸位添麻烦了。

对不起。谢谢你们。

5 月 28 日（周五）

丈夫一大早就去了东京，我好久没独自在家了。

天气非常好，走到院子里，整个人都被漂亮迷人的景色与不冷不热的舒适空气包裹。

黄金周过后，轻井泽[1]四处都是新绿，真的太漂亮了。

今天没有任何疼痛与呕吐感，身体轻盈，于是打扫和整理了屋子。除了头发还在持续脱落，我完全没有生病的感觉。

午后，丈夫打来电话。

他今天去东京，也是为了帮我整理之前租住的单间公寓。

我们在轻井泽买房之后，丈夫依然在东京的公司上班，其间一直住在我俩共同买的公寓里；他辞职后，我们正好卖掉那个公寓，我另租了自用的单间公寓。

至此，我实现了一个很大的梦想。既有家庭和家人（虽然只有丈夫），还租了间避难所似的小屋，真是太奢侈了！为了避免招人反感，我此前很少公开说起这事。

1　轻井泽：位于长野县东部，是日本有名的度假胜地。

从驹込站步行约 7 分钟有个大公园，单间公寓就在公园的对面。我在 2017 年末租下它，每次来东京办事都会住在那里。还曾以此为据点，在东京周边乃至更远的地方旅行。

刚好那段时间，轻井泽的房子在做翻修，我就在东京的单间公寓住了半年之久。在小巧的厨房做菜，用最低限度的东西布置整个房间，充分享受一个人的生活。不得不再次感叹，真是太奢侈了……

但我没想到，这个由我发现、按我喜好布置的房间，最后却没法由我亲自整理、退租。

丈夫用手机拍下单间公寓里的物品发给我，我从中选出“要留下的”和“不需要的”，他再把“要留下的”装进纸箱或行李箱带回来。

我说“要留下的”，其实未必真的需要。比如在越南买的花瓶、清水烧茶碗、冬天的大衣，其实都不需要了，但我还是没法说“不需要”。

5 月 29 日（周六）

一大早就有强烈的呕吐感，只好继续睡觉。

昨天明明还那么健康，今天怎么就这样了，怎么就这样了啊？我不停思考这个问题，很快又喃喃自语道，我都已经胰腺癌 4 期了，当然不可能真有那么健康啊。说完就笑了。

躺在床上看了《昨日的美食？》[1] 最新卷。

---

1 《昨日的美食？》：原名『きのう何食べた？』，日本人气漫画，以美食为主题，讲述一对同性恋人的日常生活。作者吉永史。截止到 2023 年底，这套漫画已经出版了 22 卷。按日记时间推算，作者看的应该是 2021 年 5 月 21 日发售的第 18 卷。

5 月 30 日（周日）

今天依然是从早上就感到疲倦，反胃。发烧 37.7 摄氏度。

午后烧到了 38.5 摄氏度，烦恼许久，还是给 A 诊所打了电话，请他们派人出诊。虽然合同上约定 365 天 24 小时内，他们随时都能过来，我也觉得不必顾虑，但真到了这个时候，还是忍不住担心自己小题大做。

医生给我抽了血，明天出结果。

一整天食欲全无，只能吃点果冻。

5 月 31 日（周一）

烧基本退了，早上吃了吐司。

A 诊所的医生今天也来了，告诉我血液检查问题不大。

发现一种效果不错的止痛药，也尝试了各种止吐药，但还是没找到适合我的。

一旦产生恶心反胃的感觉就完全没法看手机，今天也一样，碰都没碰手机。想起我生病前还有轻度的手机成瘾症状，简直像在做梦。

明天还有事要办，无论如何都得去趟东京，但能不能成行呢?

6月1日（周二）

昨日的不适奇迹般烟消云散，醒来时感觉自己很健康（估计是抗生素起了作用）。

今天有件大事，就是去东京筑地的国立癌症研究中心听取第二诊疗意见。

按照丈夫的计划，如果我今天还跟前几天一样不舒服、没法出门，就由他和我哥哥代替我去。但我想的是，就算爬也要爬过去。我必须亲眼看到、亲耳听到才能接受。

戴上假发后，我久违地坐上了新干线。天空很晴朗，戴着口罩在东京站下车时，几乎感觉有点热了。

到头来，第二诊疗意见跟B医疗中心的主治医生所说并无不同。或者说，几乎一模一样。只有一点，这里的医生提到一种我没听过的抗癌药物名称。

不同于史蒂夫·乔布斯所患的特殊胰腺癌[1]，我的病极其普

---

1 据说乔布斯得的并非胰腺癌，而是胰岛细胞瘤，所以他确诊后也活了八年之久。

通，标准治疗方法也很简单。

提供第二诊疗意见的医生脑子很灵活，讲解也清晰明了，还会留意我们的反应。发现我本人还心存迷惘时，医生直接为我指明了该选的道路——并非强加于人，而是循循善诱。

此外，这位医生与 B 医疗中心的医生还有个不同点，就是对我剩余寿命的估计。他认为我的预后是 4 个月，就算化疗有效也只剩 9 个月。

第一次直接从医生口中听到我病况的哥哥似乎大受打击。话虽如此，他还是指着癌症中心前那片宽阔的筑地市场旧址告诉我们，这里会改建成大规模接种疫苗的会场哦。

回程时，站在新干线的月台上，我忽然意识到“4 个月不就是 120 天吗”，此前尚无实感的情绪顿时如潮水般袭来，让我泪流不止。

自从 2006 年在轻井泽买了房，我曾无数次坐新干线往返于东京站与轻井泽站之间。一想到这居然是最后几次了，我就遗憾得不能自已。

但我一边哭一边又在想，如果写一本《120 天后会死的文绪》，大概会被说抄袭吧[1]。

到家后没心情洗澡，换上睡衣就直接钻进被子里。虽然知道自己死期将近，却还是想把没看完的书看完。

金原瞳女士的 *Unsocial Distance*[2]，好看得让人忘了要死。

1　2020 年，日本网络上出现了一本人气连载漫画《100 天后会死的鳄鱼君》（100 日後に死ぬワニ），作者每天更新一篇，完结后结集出版。此处的标题模仿了该漫画。

2　*Unsocial Distance*：《非社交距离》

6月2日（周三）

清爽的早晨，身体不痛，也不反胃。

原本还担心昨天太累，今天只能睡一天，但好像问题不大。

单行本计划在夏天出版，我开始着手修改校样。

傍晚，我泡了个澡。都快忘记上次泡澡是什么时候了，因为太舒服而不小心泡太久，搞得头昏脑涨、四肢瘫软。

明明泡了这么久，却还是觉得冷，我担心再次发烧，睡觉时穿上了羽绒背心。

半夜起来上厕所时，发现丈夫在客厅里打着呼噜小憩，本想叫醒他，但想想又作罢。毕竟只有在睡着的时候，他才能摆脱“妻子就快死了”的念头。

丈夫真可怜，这让我心里难受。很想为他做点什么，但什么也做不了。

6 月 3 日（周四）

没有发烧，我松了口气。

继续翻看短篇集的校样。平静的一天。

6月4日（周五）

不知是因为大雨还是生病，身体沉重又疲倦，躺了一天。

在床上看校样。

丈夫整理了衣橱，帮我处理了大量旧录像带[1]。里面有很多过去的电视节目，但我完全没兴致再看。

没食欲和肚子饿不同，肚子饿会让人头昏眼花，没办法，只好起床勉强吃点东西。

丈夫给我做了醋拌鳗鱼丝，太美味了。我还吃了三分之一碗米饭。

以前那么渴望变瘦，现在只能任由体重不断减轻。

1　日本人习惯用录像带把喜欢的电视节目、电视剧等录下来，等有空的时候集中观看。

6月5日（周六）

跟昨天差不多，一直恶心反胃，丈夫联系A诊所帮我开了另一种止吐药。

吃完药，在床上看校样。

虽然知道什么都不干地躺着比较好，但又觉得不尽早看完校样，就没法亲眼看到单行本上市，心里不免焦躁。

跟昨天一样，怀着“不得不吃”的悲壮感把食物塞进嘴里。纵使如此，也只能吃下从前的四分之一。

什么都不愿想。

我一边告诉自己，别管过去未来，只考虑昨天今天明天的事会轻松很多，却又忍不住回忆过去的快乐，并因未来即将失去它们而痛苦难耐。

“着眼当下”的技能，大概只有宗教造诣极高的大师才能办到吧。此外，厉害的工匠好像也能在无意识中做到。

6 月 6 日（周日）

怎么睡都嫌不够。

上午起来了一次，但倦怠感强烈，午后又睡下了。

入夜后稍微好了点，就起床吃了晚饭。

吃完后，跟丈夫一起看了先前录下的 *ame talk*[1]。

酣畅淋漓地笑着看完，心防好像也有所松懈，忍不住想到，“啊——好累，这病什么时候才能好啊”。等意识到“对哦，说起来根本就治不好啊。只会不断恶化，直到生命终结”的时候，我忍不住哭了。

我这一生过得很充实，很不赖。

虽然 58 岁去世稍嫌早了些，但这一辈子也不算短。

考虑到我的体力和与生俱来的能力，活到这份儿上已经很棒了。20 多岁成为作家，还努力养活自己直到今日，简直不要太厉害。

1　*ame talk*：日本搞笑综艺，每期一个主题，邀请相关艺人（搞笑艺人为主）上节目一起畅聊。

跟现任丈夫[1]生活在一起无比快乐，也真的很幸福。我们彼此尊重，关系良好。

无论人生精彩或是糟糕，死亡都会平等地到来。所有人都会走到终点，差别只在早晚。

而我可以接受适度的医疗、旁人的照顾，在衣食无忧的状态下走到终点。

所以眼下更要以祥和的心态……

我以为自己在得知剩余寿命时会产生这种心态，但事与愿违。

虽然不至于六神无主、病急乱投医，但也无法露出古代佛像脸上那种达观的微笑。

我真想朝神明大吼：这事根本没那么简单啊，混蛋！

1　山本文绪曾经离婚，日记里所说的丈夫是她第二任丈夫。

6 月 7 日（周一）

因为身体状况比昨天好了很多，就全身心投入单行本的校样修改中。

夜里，跟丈夫一起看了藤井风[1]在武道馆的演唱会蓝光碟。藤井风真是太有魅力了。好想去现场看他啊——

1　藤井风：1997 年出生，日本歌手。自幼在父亲的影响下学习古典钢琴，中学开始在 YouTube 上发表视频，2019 年正式作为音乐人出道。如今已经是日本赫赫有名的创作型歌手。

6月8日（周二）

丈夫去了东京，请来相关业者帮忙清理单间公寓里的冰箱、洗衣机等大件物品和厨房、洗手间里的各种杂物[1]。

因为公寓里还有没吃完的食物，清理费用也相对较高，但也没办法。生病就是这么突然，让人连食物也来不及处理。

收拾妥当后，丈夫发来空无一物的房间照片，跟我入住前一模一样。我不禁想起租房时的雀跃心情。

说起来，如果今年没发生这种事，我本来打算搬去更宽敞的公寓，还花了些时间看房子。因为《自转时公转的都小姐》远比我想象中卖得好，收入也有所增加，我计划65岁前在东京多待些时日，努力工作（顺便玩）。当时根本料不到会发生这种事。

丈夫离家期间，我加油改完了校样。

发售日估计要到8月末或9月初了。

虽然我很想活到那一天，但实际又会如何呢？

---

1 在日本，租房到期或解除合约时，必须把房间恢复到租住前的模样；大型家电也不能随意丢弃，可以送给朋友，或付钱找相关从业人员帮忙处理。

6 月 9 日（周三）

丈夫的妹妹小 T 特意从关西过来探望我。

除了母亲和哥哥，这是第一次有人来看我，所以我从昨天就开始紧张了，小 T 大概也很紧张吧。

毕竟要面对一个身患绝症、只剩 4 个月寿命的人，任谁都会烦恼该说点什么吧。换作我，可能也会毫无头绪。

小 T 进屋后，首先给了我一个拥抱。原来如此，拥抱！我恍然大悟，不禁在心里拍手叫好。

她依然跟往常一样笑容满面。在我尚未确诊癌症、以为是胃痛的时候，小 T 就在电话里关心我的情况。但我们今天没太聊病情，也没说到死亡的话题。后来我才听说，她是刻意避开沉重的话题，想跟我聊点开心的事。

我们聊了两小时左右，小 T 就和丈夫出门吃饭了。我已经很难外出就餐，只好留守家中。对我来说，此番最值得庆幸，也最高兴的事，就是丈夫能借机跟小 T 谈谈心。

他似乎没把我生病的事告诉任何朋友或熟人，心里想必也堵得慌吧。如果告诉朋友，说自己的妻子身患绝症、只剩 4 个月寿命，朋友大概也会不知所措。

我俩就像被六米高的巨浪袭击的难民，漂流到一座与世隔绝的孤岛。但我决定，今后要试着招待亲近之人来岛上看看，然后（在心中）与他们道别。

接着，我想起这本日记。

忽然开始怀疑，写这种日记真的有意义吗？

应该没人想看身患绝症、只有 4 个月好活的人写的无可救药的文章吧。

也许取名为《120 天后会死的文绪》，在推特或博客上实时更新，反而能有不错的阅读量。

但这不是我想要的。大概正因如此，我的写作才一直不尽如人意。

那不如什么都别写，就这样干净地与世长辞？可我还是用圆珠笔在笔记本上挤挤挨挨地写下这些文字，多少还是有被肯定的需求吧。

至少，请允许我把这本日记作为临终的致辞。

6 月 10 日（周四）

状态超级好。

如今，降低我生活质量的三大要因是“疼痛”“反胃”“发烧”，此刻一样也没有，心情十分平静。

生病之前没太觉得，生病之后发现水果太美味了。尤其是西瓜。换作从前，我一整个夏天最多只吃一两次西瓜，如今却几乎每天都吃。还有枇杷、橘子、葡萄柚。

除了水果，还有冰沙和冰激凌。哈根达斯之类的，以前担心热量太高，只敢偶尔吃一次，如今是想吃多少吃多少。

正当我以为今天可以平静结束的时候，丈夫忽然说他喉咙痛，还烧到了 38 摄氏度。他平时身体健康，很少因病失眠，这回发烧倒让我大吃一惊，慌忙找出 Calonal[1] 让他吃完睡觉。

该不会是新冠吧，太吓人了。

如果此刻丈夫倒下，我一个人还能活下去吗？如果丈夫出于某种原因比我先死，我大概只能搬进癌症晚期病人收容所了。

1　Calonal：日本研制的一种退烧止痛药。片剂。

6 月 11 日（周五）

第二天早上，丈夫很快就退烧了，身体状态也迅速恢复。

太好啦——我放下心来。

到制作医用假发的店铺请人调整假发，顺便修剪我自己的头发。

或许是因为我只做了一次化疗，脱发状态也一言难尽，看着像个败逃的武士（中心脱落，周围还剩着），只好请理发师帮我把剩下的头发也剃掉。

没了头发，皮肤显得异样白皙，叫人没勇气用这副模样见人。虽然很希望头发快点长，至少到平头或蒙奇奇[1]的程度，但……

购买医用假发前，我在网上搜来搜去，看得眼花缭乱，最后决定找大型假发制造商订购一顶贵的。

比起假发本身，大企业旗下的店铺都配有单人理发间，理

1　蒙奇奇：日本研发的玩偶，1974 年上市。

发师也学过如何护理因化疗脱发的患者的头发，此外还能免费享受几次理发服务。

据说找热情的理发师推荐，还能买到便宜实惠的假发，这点也很好。

虽然我也有长年光顾的理发师，但对方身在东京，店里也没有单人间，我只好放弃。

此外，我真正的想法是，既然生病了，哪怕花钱也要找内行人享受优质服务。

我在这家大企业的店铺订购假发时，理发师不仅教了我如何使用假发，还告诉我一些化疗症状的处理方法，我非常高兴。

6 月 12 日（周六）

整个上午，我都在教丈夫如何制作寄给税理士的税务资料。今后就是丈夫跟税理士打交道了。再过几个月，我就要离开名为“人生”的职场，这也是在提前做准备。

午后，我决定为四年前死亡的宠物猫小樱埋葬尸骨，此前一直想把它的遗骨埋在院子里，但总是错过机会。

单纯只是埋葬太过寒碜，我们以前也讨论过，要在上面种棵树，但由于迟迟无法决定树的品种和位置，这件事也一拖再拖。

事到如今，我的时间也所剩无多，丈夫大概觉得是时候解决这件事了，就给售卖庭院植物的商家和造园公司打了电话。然而，眼下的轻井泽因新冠掀起了一阵建筑热潮，各家造园公司都很忙碌，直接拒绝了我们。没办法，丈夫只好在本地找了家连网站主页都没有的小公司，对方说今天有空，我们立刻决定今天埋骨。

原本商量好了要种六月莓，但眼下各家店都卖光了，只能改成卫矛。

园艺工人抵达后，迅速挖好坑洞，又麻利地把小樱的遗骨放入其中，帮我们种上了树。

烧完香，我和丈夫双双合掌。

埋骨这件事其实很让我吃惊。

在这种时候看着丈夫埋下猫骨、种上新树，还给那棵树起名为“阿樱之墓”时，我才意识到等我死后，他依然打算住在这里。

如果生病的是丈夫，照顾他的是我，那我肯定不会这么做。虽然我也跟他一样喜欢这栋舒适的房子，对这里产生了感情，但若是丈夫去世，我应该会搬去别的地方，甩开与他有关的回忆。若非如此，我可能活不下去。这虽然很正常，但我此刻才真切体会到丈夫与我的不同。

虽然很想半开玩笑地告诉他，“可以把我也埋在‘阿樱之墓’里哦”，但我实在说不出口。

6 月 13 日（周日）

身体状态非常棒。

这是什么情况？我真的快死了吗？

自从被宣告还剩 4 个月寿命以来，我和丈夫之间始终萦绕着一股紧迫感，最近这种紧迫感好像变淡了些。虽然提供第二诊疗意见的医生已经仔细叮嘱过，但我俩还是隐约生出一种毫无根据的感觉，觉得“或许是弄错了吧”。

但我很清楚，那不是错觉。我绝不会忘记自己肚子里怀着外星人的孩子——这个玩笑太不正经了，我自然没有说出口。

很久以前看过一部名叫《异形》[1]的电影，影片中的宇宙飞船刚躲过异形的攻击，飞船上的人们正气氛融洽地吃着晚餐，其中一个男人突然痛苦倒地，异形婴儿怪叫着破开他的肚子，钻出来逃走了。那画面过于恐怖，至今还留在我的记忆里（顺带一提，这部电影我只看过那一次）。此时此刻，那东西也在我肚子里分秒不停地长大。

---

1 《异形》（*Alien*）：1979 年上映的经典科幻电影，导演是雷德利・斯科特（Ridley Scott）。

如今有了强效药物，疼痛和呕吐感都减轻了许多，但偶尔还是会有疼痛感如电光石火般爬上我的脊背，每到这时，我就会暗自想起电影里的画面，吓得脸色苍白。

6月14日（周一）

丈夫出门办事，我独自在家，准备一直悬而未决的手写遗书。

虽然觉得问题不大，但还是怕自己去世后，家人们会因财产问题发生纠纷，那样就太可悲了。

父亲去世前，只留下一句暧昧不清的遗言，说“你们自己商量着分吧”。事后我跟哥哥一讨论，发现彼此意见微妙地相左，继承问题也一度进展不顺。尽管后来总算和平解决了，但我从那时就决定，无论自己有多少财产，都要提前写好遗书。

不过，我虽然尽量写得简洁，但又担心出现遗漏或错误，所以稍微研究了一番，把自己搞得很累。

6 月 15 日（周二）

最近有些疲惫。

无论做什么都像是在为辞世做断舍离（丢掉衣物、书本之类的）的准备，很难用轻松来形容。

之前跟丈夫一起追的剧《大豆田永久子与三名前夫》[1]也已经囤了很多集，今天久违地看了看。

其实在笼目[2]死之后，我就对这部剧失去了兴趣。看了那集，我总忍不住代入自己，毕竟我一直以为自己才是那个活到最后、照顾朋友或熟人的角色，这集却让我窥见了自己真正的想法。

突然死掉的不是我。我肯定会在送走朋友、熟人、丈夫和其他家人之后才死。这种想法真是太傲慢了。

另外，正当我觉得《大豆田永久子与三名前夫》后半剧情太油腻，看得我消化不良之际，坦率的丈夫却感动得哇哇大哭。

---

1 《大豆田永久子与三名前夫》：2021 年上半年的热播日剧，编剧是坂元裕二，主演有松隆子、松田龙平、角田晃广、冈田将生、市川实日子等。

2 笼目：《大豆田永久子与三名前夫》里女主角大豆田的好友，市川实日子扮演。

永久子一点也不孤独。无论发生什么事，都有三个前夫设身处地为她考虑，除此之外，她还有个爱她的女儿呢。

（电视剧本身还是时髦有趣的。）

（这只是我个人的观后感。）

6 月 16 日（周三）

一睁眼就是中午，吓我一跳。

或许是药物影响，最近每天都要睡 11 小时以上（这大概也是好事）。

因为睡得太饱，就让丈夫开车带我去了 20 分钟路程之外的花店咖啡馆。

那是我们最喜欢的咖啡馆，比东京车站大楼里常见的时髦花店还要精致，价格却只有那边的一半，实在很棒。

店内空间很大，座位与座位之间也有相当宽的距离，就算坐满人也不会显得拥挤。坐在露台放眼望去，能看到一大片绿色，昨天刚下过雨，树枝上挂满水珠，让人宛如置身于南方小岛上的丛林。

在如此优美的咖啡馆里，我怯怯地问丈夫："你对葬礼有什么想法吗？"

果然，丈夫眼里浮出泪光。

虽然我觉得葬礼是为活人准备的，这些事交给丈夫决定就好，但以防万一，还是想把名册之类的东西提前准备好……我一边跟他道歉，说“抱歉啊，就问这一次”，一边继续发问。

丈夫最受不了这方面的话题，但毕竟是成年人，他应该也考虑过这些，只是跟我聊起会觉得难受吧。

但我很庆幸他说出了自己的想法。我也很赞同，这样我就安心了。

我们买了很多花回家。死后就算收到再多花也看不到了，所以我想在活着的时候遍赏百花。

6月17日（周四）

平和、晴朗又安静的一天。

我和丈夫坐在阳台上悠闲地看书。他看《文艺春秋》，我看《周刊文春》。

6 月 18 日（周五）

时隔一个月，又到了去 B 医疗中心检查的日子。

最近状态一直不错，我本打算让主治医生 K 看看我精力充沛的模样，并（在心里）告诉他："虽然我有点脱发，还被提供第二诊疗意见的医生宣告只剩 4 个月寿命，但还是很有精神的！"但不知为何，今早起床就恶心想吐，情绪也很低落。

坐了 40 分钟的车又有点头晕，丈夫担心我的状况，没带我去候诊室，而是让我躺在急诊病床上等候检查。

真是难过。

好在 K 医生像是知道我今天只是偶然的状态不好，态度比往常更加温和；也可能是因为我放弃了化疗，他也没别的治疗手段，只能这样温柔地守护我。

先前给我做心理咨询的 I 老师[1]也来看了我。I 老师是这家医院癌症咨询支援中心的员工，在治疗方案、第二诊疗意见、缓和医疗等问题上给了我许多建议，在具体事务上也帮了我不

1　原文对 I 的称呼是"さん"而非"せんせい"，为区别二者的身份，此处译为"老师"。

少忙。

几年前父亲去世时，本地应该也有类似的咨询窗口，但我没能合理利用，如今想来非常后悔。

I 医生说我那本《自转时公转的都小姐》被医院图书馆放在“强烈推荐”的书架上，我就过去看了看，发现书架旁还立着巨大的牌子与海报，上面写着相关介绍，心里十分感激。据说这不是 K 医生或 Y 老师推荐的，而是图书馆员工的自发行为。图书馆的朋友，谢谢你！

6月19日（周六）

身体好像恢复了。中午，丈夫为我做了韩式泡菜炒猪肉，我吃得很香。

现在的我既不出门购物，也不做饭（除了早上偶尔会给自己烤吐司）。

眼下，厨房和冰箱都成了丈夫的天下。

不久前，轻井泽的这个家多数时间还只有我一个人生活，丈夫只是周末过来住两天。

当时冰箱里的东西几乎都是我买的。可如今，主导权完全移交给了丈夫。

我就像个无知的孩童，不知道丈夫会端出什么菜或点心，只能茫然地坐在桌前等待。前几天，他做了我很久没吃的松饼，蓬松诱人的松饼放在盘子里，我往上倒了点枫糖浆，放进嘴里后，却不由得皱起眉头。这味道不对，不是我吃惯的松饼粉……心下怀疑，我就拿起包装袋看了看，居然是豆渣松饼粉。我是绝不会买豆渣松饼粉的。因为太过失望，我把情绪都写在了脸上。

翻看日历，我最后一次独自开车出门购物是 3 月 30 日。之后因为服用了强效镇痛药，再也没法开车，只能偶尔让丈夫开车带我出去买点自己想吃的东西。顺便一提，我最后一次独自出门是 4 月 25 日。

虽然丈夫懂得照顾我的情绪，让我“想独自待着的时候就开口”，但我自己也搞不懂自己的想法。

独自工作，独自思考，独自悠闲度日，独自上街，独自逛商店，独自旅行。长年来，我早已习惯了独来独往，而那种生活倏忽间便已远离我。

如今，要是没有丈夫陪在身边，我连基本生活都成问题。

……写到这里，我本来准备睡了，之后却出现了一些状况。

在没有任何预兆的情况下，我经历了有生以来最厉害的一次发冷，在被子里浑身发抖，几乎痉挛，丈夫慌忙联系了负责居家治疗的诊所，诊所医生急匆匆赶来，看了我的情况后，建议打 119[1] 叫救护车。

所谓突变应该就是这样了。我咬着咯咯作响的牙齿，脑海

1 日本的急救电话是 119。

中忽然闪现出《新世纪福音战士》[1]里那种巨型字体："病情突变！""急救搬运！"

我的卧室里聚集了我、丈夫、诊所的两位员工、救护车上的三名员工，共七人，堪称密不透风。

我的体温在30分钟内暴涨到39摄氏度，呕吐感也升至顶点，除我以外的六个成年人都紧张地围着我，我在他们的注视下大吐一场。

再也没人敢慢条斯理地说"再观察一阵"了。我立刻被抬上救护车，只用了平时一半的时间，就被送到B医疗中心。

到达急救入口的时候，估计已经过了0点。

1 《新世纪福音战士》：又称EVA，1995年在日本播放的动画，每集标题都采用巨大的Matisse EB字体，给人强烈的视觉冲击。这款字体也因EVA而爆火，被日本人称为"EVA明朝体"。

6 月 21 日（周一）

漫长的一天开始了。

深夜，因高烧被送进医院的我先后接受了各种检查，根本没时间合眼。

丈夫也在急诊室前的候诊室等了 4 个小时，其间没得到任何消息。

一大早，主治医生 K 就赶来告诉我需要住院的消息和往后治疗的事宜。

疲惫不堪的丈夫打算先打车回趟家，但由于新冠的影响，找不到 24 小时服务的出租车公司，他只好在车站旁的便利店等待第一班电车发车。到家后找到我的药，又开车回了医院。当他准备回家时，医生通知我早上 9 点做内窥镜手术，丈夫也继续在手术室门口等候。这种状态下，不只是我，连丈夫倒下也不奇怪。

我高烧迟迟不退，只能不断呻吟。

此外，这次出乎意料、持续数日的住院，还给我带来了不同以往的巨大创伤。

回头看来，虽然只有四天三夜，但我遭受的创伤却极为惨重。无论肉体还是精神都被这次住院折腾得七零八落。

第 二 章

6 月 28 日—8 月 26 日

6月28日（周一）

开始和丈夫一起逐步处理我的临终事务。

昨天，我把自己的银行账户和各种登录名、密码都告诉他了。

今天的任务是制作我死后要用到的葬礼（只有近亲）与追思会（家人以外的亲戚朋友）名册。

直到上周住院以前，我们虽然被主治医生和提供第二诊疗意见的医生明确告知了剩余寿命，但总觉得事情没那么快，直到那天才意识到这种想法太天真了。

自从上周病情突变，我和丈夫都深刻体会到，死亡何时到来都不奇怪。

但我们都没再像先前那样大哭大喊了。

6 月 29 日（周二）

S 社的责编 S 老师特意做了核酸检测（PCR）来探望我。

S 老师就是去年负责出版《自转时公转的都小姐》的编辑。我们已经认识很长时间，也一起克服过许多困难。

丈夫的妹妹小 T 来看我时我也想过，来探望我的人应该都会紧张吧，估计不知道该对我说些什么。所以这些鼓起勇气来看我的人，都让我感到由衷欣喜。

此外，在 S 老师和我筹备《自转时公转的都小姐》出版事宜的过程中，这本书最初的责编由花老师因病去世，这件事真的让我觉得非常惋惜和抱歉。

不过，S 老师、我和丈夫今天打算多聊点高兴的事。因为丈夫过去也在出版界工作，我们就聊了很多无伤大雅的八卦，还有新冠啦疫苗之类的话题。

只有我和丈夫两人的孤岛迎来了新的漂流者，我们还听说了各种传闻，真的太开心了。

我把自己在手写这本日记的事告诉了 S 老师。

一方面是想让S老师帮忙出版，一方面又怀疑这种东西没人会读，没人会感兴趣。总之，我把自己尚且无法理清的担忧与怀疑说了出来。S老师说可以帮忙录入，而我想边写边改，又担心眼下没精力使用电脑。

原本打算跟S老师聊半个小时，但因为太过投入，最后聊了两小时左右。

我们一起吃了名为“水无月”的和果子，据说6月末吃这个有祓除灾难的效果[1]。

道别时，我们互相说着下次再见，夏天再见，一定要再见啊。

在车站分手后，我眼前的世界顿时扭曲了。

1　在日本传统文化中，6月30日要进行“越夏驱邪”（夏越祓），因为这天是一年的中点，正好可以祛除前半年的罪孽污秽，祈祷后半年无病无灾。“水无月”是传统和果子里的夏季点心，因为“6月”又叫“水无月”，“越夏驱邪”也叫“水无月驱邪”（水无月祓），所以在“越夏驱邪”这天吃“水无月”和果子就成了一种传统习俗。随着传统观念变淡，现在还遵守习俗的人越来越少，具体时间也不那么精确了。

6 月 30 日（周三）

昨天 S 老师一离开，我就发起烧来，今天只好严阵以待，躺在床上度过了一天。

我实在讨厌住院，所以对各种症状十分慎重。无论医生和护士们有多平易近人，对我来说，医院都是个逐渐剥夺人尊严的地方。

尤其眼下因为新冠的影响，探病也被禁止，住院就是陷入完全孤立无援的状态。

收到夏末即将出版的新书《香草女王》[1] 的二次校样。这次只需处理编校老师提出的问题，所以只花 30 分钟就弄完了。

食欲基本恢复，跌落的体重也有所回升。

得知剩余寿命的时候，我确实想着，这下再也不用看书学习了。事实上我也真的放弃了家里许多还没看的书。

---

1 《香草女王》『バニラさま』：就是前面提到的，作者想在死前出版的短篇集。

下一本长篇，我打算写如今遍布日本的无国籍女性的故事，所以搜罗了很多关于户籍制度的书。现实中既有无户籍也坚强活着的人，也有因户籍而活得束手束脚的人，我想写出这种对照，以及她们的未来。

可如今已经写不了了，要是有人能帮我写出来也OK。

此外，我还想以《香草女王》收录的短篇《20 X 20》中那个失败的纯文学女作家为主角，写一本系列短篇集。

就算因表达伤害到他人而被起诉，也无法停止表达。我想写一个不惜卷入抄袭风波也要拼死创作，游走在疯狂边缘之人的故事。

这些题材算不得私小说，但我打算把自己长年来在文艺世界里的所见所闻都写进去。可惜这个也写不了了，要是哪位作者能写出来也OK。

我曾以为，一旦失去为将来读书的必要，就不会想要读书了，其实并非如此。我枕边有个堆书的角落，我每晚还是会从中抽出一本想读的来读。就算没有将来，书和漫画也依然有趣。真是不可思议。

7月1日（周四）

进入7月了。

家里不要的东西依然堆积如山，我虽然在不断地整理、丢弃，但到现在也累了。其实是腻了。

低烧不退，今天也过得昏沉沉。

半夜忽然觉得浑身都痒，丈夫正好也醒了，就让他帮我拧了条热毛巾，顺便帮我搓了搓背部和头顶。

说起来，之前脱落的头发开始长出来了。

希望能快点长到不戴帽子或假发就能出门的地步。

7月2日（周五）

今天是居家治疗的医生定期来访的日子。

这位医生在我上周刚出院时也来过一次，今天听到“你比上周精神了很多”的评价，我非常开心。

跟寻常医生不同的是，这位医生花了整整一小时跟我们闲聊，顺带拉家常（最后甚至听丈夫夸耀了他的新车）。

中途，我说起自己“在某些方面意外固执，处理很多事情也不懂变通”时，医生笑着说：“我一点也不意外呢！就是因为固执，你才会变成如今的你呀！这是好事！”

确实如此……我和丈夫也觉得有道理。

正是因为我很早就知道自己讨厌什么，才果断离开了自己成长的地方，从公司辞职当了作家，工作安排从不过于饱和。正是因为我固执，且不愿妥协，所以才跟第一任丈夫离婚，与现任丈夫再婚，在轻井泽买了房子，把人际关系控制在最低限度，过上了从容的生活。

虽然生病令人感到遗憾，但也正是因为我试过一次化疗，才下定决心“无论谁劝也不会再做了”，这么看来，固执也是有好处的。

今天，我的轻型汽车终于被中间商开走了。我生活在一个汽车社会，所以卖掉车子意味着舍弃自由行动的双脚。

那辆车很好开，也很适合我。真想多开几年啊。但我当时用 80 万日元买的二手车现在居然还能卖 75 万日元。这性价比也是绝了。

另外，我还整理了家中大量的包包。

我很喜欢包，为了满足不同时间、地点、场合的需求，这些年我也买了各式各样的包。明明拥有这么多，却再也用不上了，这会儿只能边哭边丢。用了很久的爱马仕、迪奥之类，我不想在 Mercari[1] 转卖，索性全都装进了垃圾袋（爱马仕的托特包后来被丈夫回收利用了）。

1　Mercari：日本的购物 App，可以买卖新商品，也可以交易二手物品。

7月3日（周六）

作家唯川惠女士来探望我了。

年轻的时候，我跟唯川女士像恋人一样每天联系，关系真的很好。我们还一起去海外旅行过几次。虽然她比我年纪大，又是行业前辈，但也是我很重要的朋友。我受过她很多照顾。

轻井泽也是唯川女士先搬来，我才放心地跟着搬来。最近这些年，我们的生活重心逐渐偏离，见面时间也少了，但对我而言，唯川女士是很特别的存在。

碰面之前，我在心里想着要跟她聊的话题，还做好了会哭的准备，但实际碰面后，我根本没法主动提起难过的事，唯川女士大概也一样。我们笑着聊完，又高兴地分手。临别之际，唯川女士说："需要帮忙随时联系我，我什么都可以做。"

那晚，我的体温又烧到37.5摄氏度。每次与人见面都会发烧，果然还是因为紧张吧。因为发烧，我睡得不踏实，每次醒来都会想起从前与唯川女士度过的时光。

最美好的记忆（虽然每段记忆都很美好）应该是我离婚之后

搬到目黑的破公寓独居，之后又搬到中野的破出租屋。我在中野的出租屋住了整整三年，心理状态也意外平静。那房子没有电梯，我住三楼，洗衣机只能固定在阳台；但房子离车站很近，空间也大，以唯川女士为中心的很多朋友当时都会来我家玩。

中野有许多精致的小饭馆，我偶尔也自己做饭，但中午、晚上大都是在中野丸井百货大楼背后巷子里的小店解决。附近也有很棒的咖啡馆、酒吧和餐厅。住在三轩茶屋的唯川女士也时常来中野。

那段时间，出版社的同人和唯川女士邀我去爬高尾山，我虽然答应了，心里却很不安。毕竟我不擅长运动，体力也不行，这样跑去高尾山肯定会拖大家的后腿，所以在日程决定下来之后，我提前一个半月就开始做自主强化训练。

用一上午完成工作，下午就在车站前的健身房游泳，傍晚出门散个长长的步。在那以前，我并不喜欢长时间走路，但一旦走起来，却发现其中自有乐处，也是在那段时间，傍晚的长距离散步甚至成了我每天的期待。

从中野站途经住宅区走到东中野。出早稻田大道后又回到中野方向，不停地走啊走，走过环七一直到达高圆寺，休息片刻再回家。那时虽然没有计步器，但我估计至少走了八公里。

夜色降临，我一边听音乐一边眺望城市风景，漫不经心地构思小说情节，这也想写，那也想写，脑子里全是高兴的事（那段时间，我也养成了长距离散步的习惯）。

到头来，在爬高尾山的过程中，我还是在半道因贫血而中止，给唯川女士添了不少麻烦，我们从高尾山沿尾根方向走了一天，最后还泡了温泉，特别开心。

那时的我恋爱不顺，工作上迟迟没有成果，心情十分苦闷，如今回想起来，那段日子竟也如此地闪闪发亮。

7月4日（周日）

重读昨天的日记，与其说它是关于唯川女士的回忆，不如说是“一个人长距离散步真有趣的回忆”。

我很少说起过去，就是怕被人嫌烦，但眼下人生已近终点，回忆一下应该也无妨，所以最近开始逐一翻找记忆的抽屉。

其中最让我兴奋的记忆，果然还是小学时独自在附近爬山看夕阳、离家出走步行到30分钟路程开外的亲戚家借住一周之类的事。当然，第一次跟朋友走进咖啡店、跑去海水浴场住宿一晚，这类乖孩子的记忆也是有的。

但第一次独自从横滨跑到涉谷看音乐会、逃课去看电影，这种经历才能给我无与伦比的快乐与活着的实感。

对我这种人来说，从就职的公司辞职成为职业作家，斩钉截铁地放弃第一段婚姻回归单身生活，这些事虽然不无艰辛，却也让我由衷地体会到“无与伦比的快乐”。

现任丈夫大概很清楚我这种性格，绝不会阻止我自由行动。

明明在东京有个公寓，我却要在轻井泽买房子的时候，丈夫曾就此打趣我。卖掉东京的公寓后，我想租个自己用的单间公寓，他也只是“哎——”了一声，并未感到讶异。

我虽然胆小怕事，但不知为何总是不愿按部就班，做事若是不能稍微出点格，就无法获得炸裂般的快乐，每当想起这些，连我自己都觉得不可思议。

7月5日（周一）

今天开始要把目前手写的这本日记输入电脑。

打了几篇才发现，手写的日记只能算草稿的草稿的草稿，一想到我差点把这种内容直接发表，就冷汗直冒。

然而，我实在不相信自己有精力把所有内容都输入电脑……

不知是否用功过了头，夜里又发烧了。

7月6日（周二）

两年前，丈夫从就职多年的公司离职，如今每天都在家照顾我。

4月我被确诊癌症之后，好一段时间里，我们俩都像被情绪的怒涛随意翻弄的小船，每一天都过得惊心动魄，丈夫似乎渐渐生出一种“要独自照顾妻子到最后一刻”的心情。

在打理家务和照顾我的间隙，他还坚持练习长年学习的英语，且为了强身健体每日锻炼。

最近，我的状态虽然不算好，但也基本稳定下来。在无须治疗、无须就医的日子里，我们大都是在家悠闲度过。

我躺在沙发上，头放在丈夫腿上看 Netflix 或 YouTube 的视频时，就像一头上了年纪的北海狮靠在饲养员身上撒娇。

丈夫刚从公司辞职的时候，我以为他这么好动，很快又会出去工作。但他只是到学校上了一段时间课，在国外短期留学之后就回到家里，打理打理家庭琐事，好像也很满足。我一开始也觉得他一直在家我会嫌烦，但实际并非如此。他问“我是不是出去工作比较好？”的时候，我说：“人又不是为工作才出生的，现在这样也挺好啊。”他听完似乎松了口气。但没多久，新冠就以出人意料的速度蔓延开来，我的病情更是叫人意想不到。

就是这样的丈夫，他今天喝多了酒，从烤箱里取出（连奶汁都是）自己做的奶汁烤菜时，一不小心手滑弄翻了盘子，还因此哭了起来。

他从做菜的时候就开始喝酒，此刻或许已经醉了吧，加上好不容易做出的奶汁烤菜全都撒在了地上，难过也可以理解，除此之外，我觉得他也是在借机释放忍耐已久的痛苦，于是陪着他哭了一会儿。

把穷途末路的丈夫领回寝室哄睡着以后，我回到厨房，把地上撒得到处都是、看着很美味、稍有些烤焦的奶汁烤菜收拾干净了。

我喜欢丈夫，丈夫应该也喜欢我，分别之日近在眼前，但我不想跟他分开。

7月7日（周三）

久违地出门坐了坐。

忘了究竟有多久，于是看了下备忘录，不算之前被送进医院那次，我已经三周没出门了。

被救护车送进医院的时候做了电子内窥镜手术，当时的主治医生K跟我说，“做完手术，你又能恢复健康，去你喜欢的咖啡店啦”，但我一直提不起劲头出门。直到今天，才终于有了出门的冲动，就顺势出来了。说是出门，其实就是换好衣服、戴上假发，坐上丈夫车子的副驾。仅仅是这样，我的体力也险些不够用。

梅雨期间罕见的晴天，坐在常去的那家花店咖啡馆的露台上，感觉十分惬意。最近一直下雨，树木都饱含水汽，坐在稍显闷热的风里喝着鲜榨蓝莓汁，恍如置身巴厘岛的乌布。

我想起从前跟丈夫在乌布住过的科莫香巴拉酒店（Como Shambhala）。如果有下辈子，我想再住一次科莫香巴拉。虽然价格昂贵［但比安缦（Aman）便宜点］，但食物与建筑都为我打开了新世界的大门。

要说我这辈子有什么后悔的事，就是没努力学好外语。如果能掌握基础的英语日常对话，旅途中也能玩得更尽兴吧，还能自己出国旅行。我也试过努力，还报过英语班，但因为手头工作繁忙，时间和精力都顾不上。

虽然工作方面有付出有回报，过得也算充实，但下辈子还是想过无须工作的生活（那时或许也不是人类了）。

下辈子还想跟丈夫去很多地方旅行。瑞士、南法、意大利、希腊、新西兰、斐济、泰国等等。哪怕是知床半岛[1]，也想跟他一起去。

1　知床半岛：位于日本北海道东北部，西临鄂霍次克海，东临根室海峡。2005年7月被联合国教科文组织列入世界自然遗产名录。岛中央有一条纵贯其间的火山山脉，地貌原始，还有高达100米的海边峭壁。在岛上能看到各种自然风貌与大量野生动植物。

7 月 8 日（周四）

针对夏天即将出版的新书，B 社的四位老师特地来跟我磋商，顺便也探望我。因为事前已经把生病的事告诉他们了，我担心他们会不知道该说些什么。话虽如此，我内心还是很感激他们能来。

四位老师里，有三位是从我获得直木奖以来就一直合作的编辑（其中一位其实已经退休，这次是作为自由编辑参与工作），还有一位年轻的女摄影师。今天由她帮我拍摄新书的宣传照。

说是宣传用，其实在场所有人，包括我在内都明白，这些照片很可能变成我的遗照。所以今天，我久违地化了个妆。因为太久没用，粉底都结成块了。摄影师还帮我和丈夫拍了合照。

真是一段愉快的时间。

我今天的状态特别好，其他人应该也感觉到了。其实我自己也根本难以相信我就快要死了。觉得倘若保持这个状态，应该还能再活两年左右。但现实肯定不是这样吧。

昨天我写到，这辈子最后悔的就是没学好外语，其实后悔的事当然不止这一件。我还后悔自己没有养成良好的运动习惯。哪怕不是剧烈运动，也该在上年纪以前养成锻炼习惯，维持肌肉力量。

东京发布了第四次事态紧急公告[1]。

虽然得病以来，我和丈夫的生活犹如置身孤岛，但我并未对外界完全丧失兴趣，新闻还是会看的。

虽然我已经等不到世人从新冠疫情中解脱的那天了。

1　指新冠疫情的紧急公告。

7月9日（周五）

今天是做访问诊疗[1]的医生来访的日子。

每次都是医生与护士结队前来，跟我们愉快地闲聊一小时左右。

那感觉就像本岛人每周定时来孤岛送物资。

医生们离开后，我松了口气，稍微睡了会儿午觉。醒来后还是觉得困，身体状态有点奇怪。

每当身体出现一点异样，我都会心生恐惧，担心今晚会不会出问题。

想起看手机的时候，才发现母亲给我发了信息，心下一惊。

5月上旬，我曾让母亲来我家听听我的病情，但她似乎难以接受，说了些莫名其妙的话就走了。之后大约两个月里，她完全没联系我。据哥哥说，她只是不知道该跟我说什么。

虽然想吐槽的点很多，但我已经决定不再为母亲的事烦恼，

1　访问诊疗：为因病或残疾而无法到院治疗的病人提供居家诊治等的服务。

所以就随便回了她一个表情包。

多年来，我跟母亲之间的矛盾太深了。

但在人生最后的日子里，我允许自己挣脱母亲的束缚。

7 月 10 日（周六）

今天过得很开心。

丈夫新买了辆混合动力的车，作为试驾，他带我去了家稍远的咖啡厅。

电车开起来真的很安静，我大吃一惊。充电桩已经安装完毕，在家就能充电，据说停电时还能把车里储存的电输送到家里。未来似乎已经到来。

入夜后，附近神社举行了烟花大会。因为新冠疫情的影响，时间很短，停车场也不开放，来看烟花的人稀稀拉拉，着实让我欣赏了一场人生最后的烟花。但奇怪的是，我没有流泪。

中途看到两个穿浴衣[1]的高中女生，想起我年轻时也曾穿着浴衣去逛夏夜祭，有种欣慰的感觉。

回忆多如牛毛，没什么可遗憾的。虽然没有遗憾，但日子也还没过够。人类真是矛盾的生物啊。

到家后或许是因为疲惫，我突然吐了。又让丈夫担心了。

1　浴衣：轻薄的夏季和服。

7 月 11 日（周日）

昨天走了很多路，今天或许是后知后觉感到疲惫，中午睡了三个小时。

要做的事明明很多，却都进展不顺。转念一想，事到如今还有这么多事要做，大概也是好事。

7 月 12 日（周一）

天气晴朗，心情也好。

午饭时间，丈夫给我炸了虾。咖喱炒饭配炸虾，简直像咖啡店给大学生提供的午间套餐，我吃得很香。

之后干了点跟新书出版有关的工作，然后继续把这本日记录入电脑。

傍晚久违地泡了个澡，明明已经很注意时间了，最后还是泡得有点久。

稍微有点发烧，跟丈夫懒洋洋地躺在床上，聊起过去谁和谁交往过这种无伤大雅的八卦，以此转移注意力。

如果国立癌症中心的医生预测的没错，那我就只剩 35 天寿命了。一想到这个，我就觉得难以置信。

至少让我活过 120 天，让丈夫少操点心吧。

7 月 13 日（周二）

先前身体状态不算好，但也稳定，几天前却发生了变化，跟丈夫讨论后，决定请 A 诊所的医生来家里看看。

我切身体会到，病情果然在加剧。

但 A 诊所的医护人员们发挥女孩特有的明朗，你一言我一语地跟我聊天，让我大受安慰。毕竟我和丈夫两人再怎么开玩笑假装不在意也有上限。

分别之际，她们好像还避开我为丈夫加油打气，着实帮了我大忙。毕竟大医院不可能有精力细致地关怀每位病人家属。

我挂了 B 医疗中心大后天的号，估计要在那里接受新的病情检查。希望能尽量避免住院。那里好歹是大医院，能做的治疗应该很多。毕竟买了那么多均价数千万日元的医疗器械。

不管怎么说，我还是感觉自己的病情已经进展到第二期了。

傍晚忙着把这本日记录入电脑，大约 30 分钟后，一阵恶心感袭来，让我难以继续。手写的时候身体还没多大反应，可一旦面对电脑，就头昏脑涨，难以忍受。

也是在傍晚时分，邮递员把吉川西子[1]的《余命一年，花钱享受男人》送到了我的邮箱里。

1　吉川西子（吉川トリコ）：日本女作家，1977 年出生于静冈县。2004 年凭借《睡美人》『ねむりひめ』获得“女人为女人书写的 R–18 文学奖”第三届大奖及读者奖。同年出版包含该篇著作的短篇集《肥皂》『しゃぼん』在文坛出道。后来又出版许多作品，2022 年出版的《余命一年，花钱享受男人》『余命一年、男をかう』获得第 28 届岛清恋爱文学奖，作品被漫画化。

7 月 15 日（周四）

K 书店的两位编辑老师来探望我了。

前阵子 B 社的老师们来访时，大家说说笑笑，气氛融洽，我以为今天也一样没问题，但离别之际，我不自觉就握着相识 20 多年且帮我做了很多本书的 G 老师的手哭起来。G 老师也忍不住哭了。

这应该是我第一次看到她哭。

我没头没脑地说了句“我能住进这栋房子，也是托 G 老师的福”。其实内心真正想说的是：“谢谢你帮我做了这么多书。多年来真的很感谢你。”

一旦有人为我哭泣，我就会觉得自己活在那个人心中，不禁动容。

说起来，G 老师还敏锐地问我：“山本女士眼下该不会是在写日记吧？”真不愧是 G 老师。

至此，我想在死前见到的人、觉得有必要见的人基本都见过一遍了。除此之外，我当然还有很多想见的人，但这些人要么住得远，要么已经与我疏远，此刻突然叫过来也很奇怪。

但说实话，我真想见见他们。

如果我突然离世，大家应该会大吃一惊吧。对不起。其实我也很想见见你们，说声“对不起”和“谢谢你”。

7 月 16 日（周五）

继上次出院之后，这是我第一次来 B 医疗中心做定期检查。

这里跟所有大医院一样，人流量巨大，无论抽血还是别的项目都很花时间。

从报到到拍完片找医生问诊，我等了将近一个小时。

虽然前两次来时，我的状态差到只能躺在急诊病床上候诊，但今天久违地进了医生的诊疗室。

跟医生描述了最近的症状变化，接受了超声检查，又听医生介绍了新的治疗方法。虽然我还没决定要不要接受这种治疗，姑且还是认真听了。

在医院这啊那的就花了 4 个小时，累得晕头转向，回家后立马就睡了。

7 月 17 日（周六）

梅雨季结束，夏天好像真的来了。但轻井泽的最高气温只有 27 摄氏度，体感十分凉爽。

我年轻的时候很喜欢夏天。

夏天可以穿凉鞋、夏威夷衫，还能在泳池里游泳。

夏天可以穿短裤、T 恤骑摩托车到处兜风，我超爱夏天。但我之所以能这么想，也是因为夏天最高气温只有 30 摄氏度左右吧。

58 岁的夏天，我因腹水[1]而痛苦难耐。

腹水积在身体里，让人强烈地感觉到命不久矣。

1 腹水：因病理状态导致腹腔内液体量增加超过 200ml 时，称为腹水。

7月18日（周日）

因疲倦而一直躺着。室外跟昨天一样晴空万里，全世界好像只有我独自蜷缩在床上。

迷迷糊糊地睡着，醒来继续读吉川酉子女士的《余命一年，我花钱享受男人》，就这样反反复复地度过一天。

说起来，前阵子读了平野启一郎先生的《本心》，主题也是人生最后的日子。最近很流行这个吗？

身上不疼，也不想吐，但就是感觉身体沉重又疲惫。我漫不经心地思考着，如果社会能接受平野先生书中提及的“自由死亡”，我会选择那么做吗？

酉子女士的书非常有趣。

7 月 19 日（周一）

虽然身体状况不是特别理想，但又不想待在家里浪费时光，于是听从丈夫的建议，去了那家花园咖啡馆。

前段时间还叫人觉得神清气爽的露台座位，此时已经有些炎热了。

最近，丈夫总是用手机给我拍照。我不禁想起家猫小樱死前，我也抱着“趁现在多拍点”的念头给它拍了很多照片。

天气热得我有点中暑，回家把冷毛巾敷在额头上小睡了片刻。深切认识到自己的体力越发糟糕。

前段时间收到了 B 社摄影师帮我和丈夫拍的合照。

我在网上买了装饰用的相框，丈夫把照片放了进去。

装裱过后的双人合照看着很不错，我虽然开心，但也莫名感到心情复杂。丈夫说“摆在寝室里吧”，我不怀好意地答了句，“不要，感觉就像我已经死了似的”。对不起，老公。

7 月 20 日（周二）

丈夫有事出门，我久违地独自在家。

忙着把这本日记内容录入电脑，中午煮了意面吃。

傍晚，丈夫带了份崎阳轩的烧卖便当回来，我俩分着吃了。吃完一整份烧卖便当已经是好久以前的事了啊……

7 月 21 日（周三）

如果在傍晚泡澡，泡完就会难受，所以今天改成上午泡澡了。泡完整个人神清气爽。虽然神清气爽，但果然还是难受。

原来泡澡会消耗体力啊。

傍晚，因为丈夫提到“明天开始就是四连休，到处都会人山人海，出门也会成问题吧”，我感觉必须趁现在出去逛逛，就换好衣服、戴上假发出门了。

先到轻井泽的直营店买了 gelato pique[1] 的五折睡衣。然后在 Tully's 咖啡店买了浓缩咖啡冰沙和热狗回家。

虽然我眼下并未有意识地节约或挥霍，但望着华丽的商业中心又不禁思索，那些曾因价格望而却步的包包、宝石和服装，现在好像也可以只为满足自己的欲望而购买了吧。

但买来也没机会穿，不知道穿给谁看，既然如此，名牌服

1　gelato pique：一个售卖家居服、睡衣、童装、婴儿服、宠物用品等杂货的品牌。

装和包包也失去了购买的意义。这么看来，高价商品根本不是为了满足自己的欲望，而是为刺激他人欲望而存在的啊。

我好像一直觉得自己能活到 90 岁，只要不乱花钱，目前的存款足够活到那个时候。

存款虽然给了我安全感，但事到如今，我又觉得以前该多花点钱。比如，该把工作量控制在最低限度，努力学外语、锻炼身体，充分利用时间而非金钱，等等。

然而，没人能知道自己的死期。就算到了现在，我也没法掌控自己的死期，依然会买打折的睡衣。

7 月 22 日（周四）

突然就发起了高烧！

今天是哥哥与母亲来探望我的日子，或许是担心无法与母亲好好相处，我从早上就开始紧张。

跟平时一样吃完早饭，突然觉得身体状况有异，紧接着就感到一股寒气逼来，强烈的寒意游走全身，跟前段时间被救护车拉走时的情况差不多。

因为突如其来的变故，丈夫急忙铺好羽绒被和电热毯，又慌忙给 A 诊所的医生打了电话。

之后的印象有点朦胧，记忆也是断片似的，我因为想起之前住院的经历，一直反复念叨“我不想住院”，A 诊所的 O 医生笑着安抚我“没事的没事的”，给我用了栓剂。

午后，热度还是没下 39 摄氏度，诊所的护士来帮我输抗生素。或许是由于突如其来的发烧，我腰痛得不行，输液期间护士也一直在帮我按摩。

虽然眼下的状态很难见人，但今天是四连休的第一天，哥哥开车载着母亲从横滨过来，路上遇到事故引起的塞车，花了近七个小时才抵达轻井泽的高速路出入口。现在已经快到了，我总不可能让他们掉头回去。所以虽然高烧未退，我还是决定见见他们。

也不知道该说幸还是不幸，此前一直无法理解我生病这件事的母亲头一回看到我病得起不来身的样子，看到我没戴假发时的头发，好像终于意识到我的病有多重，眼底浮出了泪水。

虽然早过了时间，但丈夫还是为哥哥和母亲做了午饭，他们吃完离开时，O 医生刚好又来了，说是看看我用的药有没有起效。傍晚时分，我的体温依然维持在 38 摄氏度左右，医生说明天如果还降不下来，可能就得去医院了。

话虽如此，这一天还真是过得惊心动魄。丈夫累得倒头就睡。

这天夜里，我再次恶寒侵体，独自穿上羽绒背心哭着睡着了。

希望明天体温能降下来。

7 月 23 日（周五）

天亮后，体温奇迹般地恢复了正常。真令人吃惊。

然而剧烈的疲惫感提醒我，昨天的一切都不是梦。我累得根本起不了床。

丈夫很高兴，说“不用住院真是太好了”。

我也有同感，但身体还是累得不行，除了能勉强自己上厕所，什么都干不了。

也没精力看奥运会的开幕式[1]。

1　第 32 届夏季奥运会，于 2021 年 7 月 23 日在东京开幕。

7 月 24 日（周六）

总之还是累。腹腔里积满腹水也很难受。

由于我的卧室在二楼，下到一楼上厕所也变得有些困难了。

一点点看完了之前录下的奥运会开幕式精彩片段。

虽然各方面都不景气，可眼下也别无他法。新冠肆虐期间还要在自己国家举行奥运会，日本也真是太不走运了。要是没有新冠疫情，或许还能在“复兴五环[1]”方面多费些功夫。

收看大河剧[2]《韦驮天》[3]的时候我就在想，奥运会早已失去了当初那份质朴。如果我是运动员，一定也会努力在奥运会上夺得奖牌。无论奥运会包藏了多少利益与权利纷争，只要被贴上奥林匹亚的标签，多少还是会对将来的人生有益吧。运动员大

1　复兴五环：五环是指奥运会的标志。2011 年 3 月 11 日发生了东日本大地震，2012 年日本申奥时提出了“震灾复兴”的概念，此后，“复兴五环”（复兴奥运）就成了东京奥运会的口号。

2　大河剧：取材自真实历史故事或人物的电视剧，可以理解为日本的历史剧。

3 《韦驮天》：“韦驮天”原本是“飞毛腿”的意思，2019 年初开始播放的大河剧《韦驮天》以“日本与奥运”为主题，讲述了日本从 1912 年初次参加奥运会到 1964 年在东京举办奥运会之间的故事。

概也会誓死在心底守护这圣火般熊熊燃烧的奥运身份。

我并不是想说，因为运动员非常努力所以支持举办奥运会，而是觉得，追求极限的生涯虽然值得尊敬，却也隐藏着巨大的危险。这或许就是人这种生物的本性。

与此同时，我漫不经心地想到，冬季奥运会也近在眼前，而我大概活不到那一天了。

7 月 25 日（周日）

身体发沉，提不起劲。

难受到极限，怀疑自己就快不行了。

早上起床吃了点早饭，又继续睡到中午，吃了点午饭又继续午睡。

想下楼上厕所的时候，就拼命往瘫软的双腿里注入力量，努力保持平衡地走向目的地。

坐也坐不了，只能立马躺下。

我被迫认真思考，如果这种状态是因为前些日子发烧，疲劳感还没散去，那估计还需两三天才能恢复；如果往后也只能这样躺着，就得把寝室搬去一楼了。

奥运会成了奖牌争夺战。

7 月 26 日（周一）

醒来时感觉状态不错，做了会儿家务就开始头昏眼花，只好躺回床上。

中午睡了三小时左右。

或许是因为最近身体不好，我没有读新书的欲望，在电视上看到村上春树的《没有女人的男人们》即将拍成电影，就把书找来重温。但内容已经快忘光了。

即将拍成电影的短篇小说《驾驶我的车》讲述了妻子患癌去世的男人的故事，我想着不能让丈夫看到，就把书藏了起来。

虽然我的年纪早已不适合阅读春树先生的作品，但久违地重温，依然觉得巧妙。

7 月 27 日（周二）

身体的倦怠感不仅没有消除，反倒一日胜过一日。连在沙发上坐五分钟也会难受。

没办法，只好躺回床上。或许是因为最近一直躺着，肌肉力量越发微弱，导致腰背也痛得受不了。站也不是，躺也不是，简直无法摆放身体[1]，只能不断呻吟着翻来覆去（后来我才知道，"无法摆放身体"好像也是癌症的症状之一）。

因为身体难受，读不了书，也看不了手机，大脑就闲得发慌。

一天变得十分漫长。

丈夫觉得这样下去不是办法，还是给 A 诊所的医生打了求助电话。

夜里，丈夫说要给我读书解闷，我恰好收到亚马逊寄来的

1　无法摆放身体『身の置き所がない』：引申义是无地自容、难以自处。此处是字面意义。

角田光代女士的《晚安，愿你没有噩梦》[1]，就让他读给我听。隐约记得里面有个场景是姐弟俩用生造的词语道晚安，我很喜欢那部分，也想重温一遍。

姐弟俩生造的词语是“laloli”，意思跟书名一样。我跟丈夫也互道一声“那就 laloli 了”“明天见，laloli”，然后各自睡去。

---

1 《晚安，愿你没有噩梦》：原名『おやすみ、こわい夢を見ないように』。里面的生造词是ラロリー。

7月28日（周三）

又发生了一件让我吃惊的事。昨天因为我太过疲惫，还吐了，傍晚就请A诊所的医生来做访问治疗。

当我语带放弃地表示“太累了”，以为医生也对此束手无策之际，却被告知可以吃点类固醇药物试试。

类固醇……说起来，家猫小樱生病去世前，也曾因为使用类固醇而变得颇为精神呢。

我的病情也已经进展到那个阶段了吗？我虽然因此而郁郁寡欢，但今早还是开始服用类固醇了。用药后，身体突然变得轻盈，吓了我一大跳。

之前坐五分钟都困难，今天不仅叠完了洗好的衣服，还打理了花草。书也有精力看了，日记也有精力写了。更重要的是，丈夫脸上露出了安心的神色，真是太好了。

7 月 29 日（周四）

也许是药物作用良好，今早起床后精神也不错。还是那句话，前天我在沙发上坐五分钟都嫌困难，今天居然有力气把厨房的水槽都擦干净了。

这本日记是我用笔在本子上写好之后，一边修改一边录入电脑的，虽说精力有所恢复，但在电脑前坐久了还是会难受。我突然想到，要是能用语音录入会轻松很多吧。跟丈夫商量之后，他上网帮我搜索了具体方法。

接着我用手机试了试，简直太方便了！与此同时，我又有点后悔，早知道写小说也用语音录入，就能省下很多精力了吧。

东京的新冠感染人数达到了至今为止的最大值，3865 人。

7 月 30 日（周五）

上午久违地泡了个澡。身体变化太快，直到三天前，我还绝望地以为这辈子都没法再自己泡澡了呢。

午后，诊所的医生来访。

至今为止，我们聊的大都是家常话题，今天深入聊了聊往后的事。

虽然要把自己的心情准确无误地传达给他人并不容易，但我今天还算坦白。

下周开始，会有护士定期来访。

晚饭是寿喜烧。我吃得不多，但也高兴自己终于又有了点食欲。

7月31日（周六）

身体状态非常棒，于是让丈夫开车带我去购物。

回家路上，顺道去町内我最喜欢的咖啡馆吃了咖啡冻。店里的露台座位是我的最爱，以前经常一个人在那里看书或吃午饭。虽然菜品都很常见，但无论是普通饮料、面包还是甜点都好吃得不得了。

原以为我再也没机会来了，所以真的很开心。

店主是位爽朗的女性，懂得与人交往的分寸感，我跟她聊了会儿天，买了刚烤好的司康，在心里对她说了“谢谢”和“再见”。

东京的新冠感染人数已达4058人。这样下去，下个月该不会一口气攀升到一万人吧……

8月1日（周日）

大概是类固醇起了作用，食欲恢复得很好，中午吃了丈夫买回来的寿司。最近本来完全没有吃鱼生的欲望，今天竟然觉得超级美味，真是久违了。

之后，我把录入到一半的日记内容重新修改了一遍，准备下周给编辑看看。

因为状态不错，就看了会儿岛本理生女士的《遥远似星辰，散落如雨滴》[1]。写得非常好。不仅拥有岛本女士出道初期的品位，也是眼下已臻成熟的岛本女士才能创作的、无与伦比的对话体小说。

这本书里有个桥段，是出场人物针对村上春树先生的《挪威的森林》发表意见，我就是想再重温这部分内容，才在亚马逊上下了单。

---

1 《遥远似星辰，散落如雨滴》：原名『星のように離れて雨のように散った』。

8月2日（周一）

显然是类固醇的效果，食欲也恢复到惊人的地步，今天中午去了咖啡馆。原本想吃那家店的海鲜焗饭，但刚好没了。这家店最早是专卖咖喱的，我就点了绿咖喱吃。

超级美味，我吃得停不下来，中途却被丈夫阻止，说“不行，全部吃完你又会难受”。果不其然，眼下我正在品尝苦果。

把昨天修改整理好的日记原稿发给S社的S老师看。得到“想出版”的回复，我松了口气。

发给S老师的内容只到前半被救护车送进医院的部分，我又读了一遍，深感这不是“斗病记”，而是“逃病记”[1]。

以前虽然知道“缓和治疗”这个词，但根本不理解它的意思。

就算小说、电影里涉及相关情节，创作者也会割爱省略详细介绍，简直跟“拉灯”（拉灯，是少女漫画等作品中对床戏的

1　日语里的“斗病记”与“逃病记”读音相同。

常见处理：一到年轻男女的床戏，灯就灭了，下一幕就是阳光射进窗户，鸟儿叽叽喳喳在室外鸣唱）没有区别。

如今我能想起的作品就是《海街日记》里，食堂阿姨住进医院的缓和治疗楼栋，紧接着就是葬礼画面（因为这并非漫画的主题，也不能说它奇怪）。

人们对“缓和治疗”几乎一无所知，就连正在接受这种治疗的我也完全不了解。虽然搜索维基百科就能找到详细说明，但说明与实际接受治疗的感觉还是不太一样。哪怕都是缓和治疗，不同的人也有不同的感受。

而我在被确诊为癌症，听说这病无法治愈的时候，脑子里想的只有“快逃！逃离一切痛苦！”，这大概就是我心目中的缓和治疗。话虽如此，我也知道自己是不可能逃离一切痛苦的。

如今，我吃着止痛药、止吐药、类固醇，偶尔还会输抗生素，在大医院接受检查，跟来做访问诊疗的医生哭诉或谈笑，日常生活几乎都由丈夫照料，抱怨有人听，落泪有人安慰，以此逃避着痛苦。虽然我知道再怎么逃也迟早会被追上，但绝不会主动走进这病痛。

8月3日（周二）

昨天是新书《香草女王》的信息公开日，这两天在SNS[1]发布了出版方帮忙制作的主题网站地址。

发售日是9月13日。虽然这话说了很多遍，但我还能活着等来那天吗？

今天把床铺搬到了一楼的和式房间。

眼下得益于类固醇的效果，我精神还不错，但说不准什么时候就连二楼的卧室也上不去了。

对我来说，无印良品最便宜的那款床垫睡着最舒服。

……前脚刚写完精神不错，夜里就疲倦得浑身没劲。服用类固醇以前，我每天都是这个状态。看来药物果然只能短暂地改善症状啊，意识到这点，我有些沮丧。

但也因为这强烈的倦怠感，我睡得很好。

1　SNS：帮助人们建立社会性网络的互联网应用服务。

8月4日（周三）

早上还觉得状态不错，转头就吐了。我偶尔会这样毫无预兆地呕吐，所以家里到处都藏着黑色呕吐袋，我迅速取出一个袋子吐完，丈夫也迅速端来洗脸盆，给了我毛巾和水。

吐完觉得很累，就从上午一直睡到下午，睡了三小时左右，醒来感觉好很多。

傍晚，继续用语音把这本日记录入文档。虽然语音比键盘录入轻松很多，但我能坚持到什么时候呢？丈夫和S社的S老师都说可以帮忙，但我还是想尽量自己动手。

重读《挪威的森林》。以前看的时候不太理解绿子[1]这个女孩子，这回看倒是挺喜欢她。虽然有关春树先生的研究类书籍出了无数，但我并没有想看的欲望。或许是因为我不愿让自己脑海中的印象被他人的意见左右。

---

1 原文里叫“绿”，此处沿用中文译本里的译名。

8 月 5 日（周四）

昨晚半夜醒来就再也睡不着了，真是没办法。

类固醇也不光只有优点，据说副作用就是影响睡眠。但把夜间的睡眠与白天的精力两相对比，我还是希望白天能随心所欲地活动。太难了。

从今天开始，就有护士每周一次上门照看我了。

虽然“访问看护”容易让人想到需要看护的老年人，但我这样的患者似乎也能享受。签完合同，我们聊了聊具体的看护措施，对方表示，什么样的服务都可以提供。

被问“你平时会去散步吗？”的时候，我说最近已经不去了。当我提到最近腰疼不舒服的时候，对方就坐上床教我做拉伸运动。毕竟是专业人士，拉伸动作很有效。

虽然我觉得眼下就开始接受访问看护还为时过早，但考虑到没有类固醇，我连独自上厕所都很困难，状态其实已经不大好了。

越到临终，越是得依赖护士，不如就从现在开始习惯，提前记住她们的名字与性格。

顺带一记，午饭时间，丈夫买回了烤鳗鱼套餐，我吃了一半。最近吃得都很有营养。

今天，东京的新冠感染人数已达 5042 人。

8月6日（周五）

今天是诊所医生每周一次来做访问诊疗的日子。

因为我从昨天开始接受了访问看护，看到这里的读者或许会产生混乱，搞不清“访问诊疗”和“访问看护”的区别，简单来说，“访问诊疗”是医生与护士一同前来，“访问看护”只有护士前来。我顺便查了查，“访问诊疗”是指医生建立诊疗计划、定期来访，“出诊”是在定期来访之外，当病人状态突变时（比如发高烧、疼痛、呕吐等）应需前往诊疗，哪怕是在深夜或休息日也会及时响应。我之前也不太了解这些细节。

我签约的诊所组合了“访问治疗”“出诊”“访问看护”三种形式，为患者提供支援。此刻我才真正明白自己享受了多么优越的医疗，又是多么幸福。

今天也跟O医生聊了很多，像是医生学柔道时的趣闻、我在SNS上发布的工作信息等等。

因为类固醇让我夜里睡不踏实，顺便也跟医生咨询了安眠药的用药事宜。

8月7日（周六）

上午泡了个澡，虽然神清气爽，但果然又累了，于是睡了午觉。今天腹水胀得很难受。到了现在，好像已经很难有哪天是完全无病无痛的了。

网购了长岛有先生特辑的那期文艺杂志《群像》来看。里面提到长岛先生的幸福生活，还介绍了他的新作，一篇长达150页稿纸的私小说。他似乎买了房子。身为老粉的我很想看看长岛先生住在新家里写的小说，不知道他将来会不会写。

同期杂志上还刊登了田中兆子女士的短篇《离子与铁》。超级有趣。田中女士获得新人奖时，我刚好是评委之一，此后好几次收到她致谢的书信。真想与她见面聊两句啊。

8月8日（周日）

比昨天好很多，今天几乎感觉不到腹部肿胀，身体状态也不错。

还做了几件一直惦记的家务，过得很充实。用桃子和冰激凌做了简单的圣代，丈夫吃得很开心。

虽然没法出远门或旅行，但在家里做自己想做的事度日，也并不觉得遗憾，反倒异常幸福。

奥运会在今天举行了闭幕式。

8月9日（周一）

最近明明状态都不错，今天黎明时分，我突然被一阵腰疼惊醒。

腰周的疼痛在我确诊癌症以前就困扰我许久，最近明明用药压制住了啊。

我吃了点发作时服用的止痛药，疼痛感却越发明显，体温也有所上升。丈夫见情况不妙，打电话请诊所派人过来。

诊所的医护人员火速抵达，真是令人感激。

而我这次依然不断念叨着“不想去医院”。医生帮我打了点滴、查了血。目前必须弄清发烧究竟是腹水还是炎症导致的。我心想，既然疼痛止住了，问题应该不大，但转头又意识到，不是问题不大，是得了癌症啊。会痛也正常吧……

今天一整天都疲倦得很。

8 月 10 日（周二）

总觉得困，上午下午各睡两小时。其间，访问看护的护士来给我打了加抗生素的点滴。

打完点滴，我又在亚马逊上买了要寄给税务顾问的文件，并打印出来，真是麻烦。

K 书店的 G 氏寄来一封手写信，里面有句“伤心到头痛欲裂”，我也一样伤心到头痛欲裂，但还是得打印亚马逊的发票。这就是生活。

8 月 11 日（周三）

今天来的访问看护人员也是年轻人，因为是初次见面，护士或许不知道该聊什么，就说起学生时代的社团活动，我听着还挺新鲜。护士还帮我按摩了身体。一开始我有点不好意思，但很快意识到，仅仅是有人摩挲自己的身体，疼痛就能得到缓解。

看了育江绫女士的《晚安乌鸦记得再来啊。》[1]的最新一卷。我很喜欢育江绫女士，几乎看过她从出道至现在的所有作品。她的新书从不让人失望，我今天也看得很满足。简直太有趣、太厉害、太有深度了，无论看几次都有新收获。她就是我在少女漫画界的偶像。

不过，下一卷《晚安乌鸦记得再来啊。》的发售日是在2022年6月……但也没关系。乌鸦的故事会在我心里继续下去。

---

1 《晚安乌鸦记得再来啊。》：原名『おやすみカラスまた来てね。』，此处提到的最新一卷是 2021 年 8 月 11 日发售的第六卷。该漫画共七卷，第七卷发行于 2022 年 6 月 23 日。

8 月 12 日（周四）

上午，负责访问诊疗的医生来了一趟，紧接着，S 社的 S 老师也来了。我平时都没什么会见，今天过得还真充实。

跟 S 老师讨论了这本日记的出版事宜。

如果这本日记真有一天能出现在读者们眼前，我肯定已经不在人世了。在漫长的作家生涯里，我也是头回经历这种事，到底该写什么、如何写，我与其说还在摸索，不如说毫无头绪。幸好 S 老师给了我许多建议，问我要不要写这个，能不能写那个，我恍然大悟，忍不住在心底连连颔首。

果然，有很多事没人指出的话，自己是不可能意识到的。

S 老师整理办公桌抽屉时，翻出一张从前的照片，就多洗了一张给我。说是从前，其实也就是 2009 年。

那是在角田光代女士婚礼上拍的照片，画面上以 S 老师为中心，S 社的编辑们和我都打扮得漂漂亮亮，开心地笑着。

虽然感觉 2009 年还近在眼前，但照片上包括我在内的人都那么年轻，那么耀眼，让我大感惊讶。

当时以为这只是日常的碎片，如今看来竟像泡沫般闪闪发光。照片的拍摄地也在时髦的青山 SPIRAL 大楼[1]。

2015 年去世的编辑由花女士，在照片里也笑得那么好看。

1 青山是东京的时尚区域，SPIRAL 是以“生活与艺术融合”为理念的综合文化设施。建筑师是槙文彦。

8 月 13 日（周五）

时隔一月，又到了去 B 医疗中心检查的日子。

从家里坐车过去要花 40 分钟，到医院以后这啊那的，又要等两个多小时。如果不从一大早就养精蓄锐，很快就会筋疲力尽。

今天没有用到急诊病床，而是坐在候诊室的椅子上等待叫号。

说起来，现在我从开药到日常诊疗几乎都转到了 A 诊所，在 B 医疗中心除了让主治医生 K 帮忙检查体内胆道支架的情况，也不需要做别的了。至少眼下，我的情况问题不大，无须做超声、CT、X 光检查，连抽血都不用（之前尝试使用另一种治疗方法时做的 MSI[1] 检查结果也是阴性）。

“下次如果还有需要，再请诊所开介绍信过来吧。”K 医生笑着对我说，“好好保重。”诊疗到此就结束了。下次检查时间待定。

---

1 MSI：一种检测肿瘤微卫星不稳定性的方法。

今年4月初，我在这个B医疗中心做了数不清的检查，还住了院，跟K医生聊了许多有关治疗的事，没想到一切居然有结束的一天。我不禁有些发愣。

明明是我自己说，除了缓和治疗，不想再接受其他治疗，事到如今居然又感觉落寞……人类还真是矛盾啊。

8 月 14 日（周六）

可能是因为昨天太累，今天睡了一整天。

睡了又睡，还是觉得困。

8 月 15 日（周日）

昨天睡了很久，今天稍微恢复了些精神，就用亚马逊的影视会员看了《新·福音战士剧场版：终》[1]。虽然我不是狂热的 EVA 迷，但好歹看过前三部，对最后的结局也有点好奇。原本打算分几次看完，但一不小心就一口气看到最后，人也累得不行。丈夫在中途就不想看了。真嗣[2]君成了大人，真叫人莫名惆怅。

---

1 《新·福音战士剧场版：终》：原名『シン・エヴァンゲリオン劇場版：𝄇』，2021 年 3 月 8 日在日本上映，是在《新世纪福音战士》（新世紀エヴァンゲリオン）的基础上重新创作的剧场版四部曲之一。

2 EVA 系列作品的男主角。

8 月 16 日（周一）

不知是病情还是药效影响，今天也很疲倦。但也还好，至少比“疼痛”“反胃”来得轻松。

一看日历，明天那栏写着“120 天”。原来我被宣告剩下 4 个月寿命的最后一天就是明天啊。

虽说只是按统计数据推测的时间，但我好歹算是活过了 4 个月。当时我也不知道该以哪天作为 4 个月的起点，索性就从 4 月确诊癌症那天算起了。

因为没有做细致的检查，也没有根据各项数值做成统计图表，我也不知道自己的症状进展得快还是慢。

但我明白病情确实在加重。只是没人知道我接下来会如何，哪天会成为我人生的终点。

活了 58 年，我还是头回遇到这种无法提前做计划的事。

虽然成功通关了 120 天，但我并未品尝到胜利的喜悦，只是茫茫然想着：啊，今天我依然活着。

接下来，我想活到 10 天后新书打样的日子。再往后是活到 9 月 13 日的新书发售日。之后想尽可能活到 11 月 13 日我的生日。再往后是活着跨年到2022年？虽然我肯定活不了那么久。我做不到那么乐观，只是漫无边际地想着。

（顺带一提，180天[1]后是10月16日。）

1 前面提到，B医疗中心的主治医生K预计作者的剩余寿命是半年（180天）。

8 月 17 日（周二）

国立癌症中心的医生曾宣告我只剩 4 个月寿命，如今期限已过。总的来说，我在家能自己解决很多事，短期内应该还死不了。

一般说来，该把下个目标定在 180 天（6 个月）后，但我完全不知道后续会如何。

我仔细看了看 S 社的 S 老师几天前发给我的，那张 12 年前的照片。

站在我旁边的是我以前的编辑，由花小姐。她笑靥如花，温柔稳重，品格美好，漂亮的头发与白皙透亮的肌肤使她周身洋溢着幸福的光辉。

但六年后的 2015 年，由花小姐就因癌症去世了。

由花小姐很会照顾人，身边也总是环绕着各种朋友，她的离世让许多人陷入悲伤，我也同样遭受了打击。

由花小姐总是活力四射，不仅喜欢（且擅长）运动，待人体贴，喜欢做快乐的事，热爱工作，喜欢美食与动物，还特别爱笑。这样的她竟会被癌症夺去生命，我倍感震惊，很长时间都没缓过来。没想到这次竟然轮到我。

虽然我得了癌症，却也并未仔细研究过病情。一方面是由于医生一开始就告诉我“无法治愈”，一方面也是因为我害怕思考癌症。

癌症究竟是什么？当然，它的医学意义，（就连）我也多少知道点，活到 58 岁，身边除了由花小姐，还有很多熟人死于癌症。

癌症像个黑洞，“嗖”一下就把人的命吸走了。

由花小姐非常坚强，直到最后关头还在与癌症搏斗，最后一刻还打算尝试新的抗癌药物。

但她内心一定也很害怕。想到黑洞很快就要出现在自己脚下，她肯定也哭过很多回。

我最后一次去病房探望由花小姐的时候，她像往常一样对我露出笑容，只是这次坐着轮椅，还戴着吸氧管。

她说：“这是之前探病的朋友送来的蕨饼，很好吃的，一起尝尝吧。”说着拿出蕨饼给我。我也能像她一样，笑着度过最后的时光吗？

有些癌症无法在体检中发现。又或是等到发现就已经晚了。人的死因远不止癌症这一种，所有人都会死。

虽然我不太相信死后世界与来世（及前世）的存在，但只要我还活着，心脏还在跳动，就依然活在由花小姐活过的世界里。2016 年去世的父亲、2017 年去世的家猫小樱也曾在这里活过。

8 月 18 日（周三）

近来体温一直正常，今早久违地发了烧。明明还是八月中旬，最近却一直是低温天气，或许是因此才着了凉。正好今天是接受访问看护的日子，就请护士帮我抽了血。

正当我烧得头昏脑涨的时候，听丈夫说我好像被提名了某个文学奖。

8月19日（周四）

我夜里睡不着的时候，会在二楼寝室里发出咔嗒咔嗒的声音，丈夫听到觉得奇怪，就偶尔跑上来看。

然后他发现，我每隔三十分钟就会爬起来在枕头边坐一会儿。我并非毫无知觉，但被他这么一说也觉得有点吓人。难怪我白天会觉得累。

8 月 20 日（周五）

访问诊疗的医生来了，我提到自己夜里睡觉总醒，医生说可能是氧含量偏低，就给我准备了一台制氧机。就是那种用鼻管吸氧的机器，如今因为新冠疫情的影响，城市里到处都缺。

虽然我住院的时候也戴着吸氧管睡过觉，但在家里用起来太吵了。用血氧仪测量了血氧饱和含量，发现我的数值确实偏低，据说吸氧可以提高数值。但要问这对睡眠有没有帮助，好像也没有……（请医生给我开了治疗失眠的药）。

傍晚，S 社的 S 老师打来电话，告诉我《自转时公转的都小姐》获得了中央公论文艺奖。SNS 和邮件也收到各种祝贺信息。明明应该为此而开心，但每当有人对我说“恭喜”，我就有种被人穷追不舍的感觉。

8 月 21 日（周六）

情绪非常低落。心烦意乱。躺着也觉得难受。

是因为病症或文学奖，还是二者皆有呢？让丈夫帮我揉了揉背。

8 月 22 日（周日）

虽然比昨天好点，但心情还是沮丧。无法控制自己的情绪。剩下的时日已经不多，我本想安稳度过来着。

半夜醒来，焦虑得无所适从，我突然想到，这会不会是新开的安眠药的副作用。

8 月 23 日（周一）

感觉好些了。但其实上午下午都吃了药在睡觉。怎样才能保持那种平稳明快的心境呢？靠我自己能办到吗？

8 月 24 日（周二）

情绪稍微稳定了些。看来确实是安眠药的问题。停药以后，焦虑感有所缓解。

8 月 25 日（周三）

今天是每周一次的访问看护日。

我还没到自己动不了的程度，本以为用不着让护士每周都来……但等护士来了以后，真的帮了我很多。

护士不但跟我细说了什么情况下如何用药，还教了我怎么操作上周配备的制氧机，一边说，还一边用塑料袋与热毛巾做成热敷垫帮我按摩淋巴。我的不安烟消云散，还学到了新知识，甚至放松了片刻，简直犹如置身天堂。

而且跟了解自己病情的人见面也让我内心平静。如果是以前认识的人来看我，我会下意识觉得“必须做出健康的样子！”，并因此产生焦虑。

另外，低落情绪有所缓和的另一个原因是，我稍微研究了一下用药方法。

自从开始接受缓和治疗，到现在已经快 4 个月了，不用说，随着病情加重，我的服药量也在增加，现在几乎是不假思索地按医生规定的时间或症状出现的时机吃药。但丈夫帮我在网上查了查，据说这种药应该趁药效结束前就吃第二次，而非等到药效结束后才吃；我这种情况，用另一种药比这种效果要好；等等。我按他说的试了试，身体果然轻松不少。

同样是间隔 12 小时吃一次的药，竟然会因为服用时间不同而产生截然不同的感觉。

这种事我自己是真的想不到。对丈夫唯有感谢。

为了庆祝我获奖，S 社的 S 老师帮我订购了 Nicolai Bergmann[1] 的花束。真是太漂亮了。我不禁看得入迷。

1　Nicolai Bergmann：丹麦花艺设计师 Nicolai Bergmann 创立的品牌，风格融合了斯堪的纳维亚与日式设计理念。该品牌在日本比较有名。

8 月 26 日（周四）

本以为夏天也快结束了，谁知天气又热了起来。

腹部积攒了太多腹水，非常难受，家里现有的衣服、内裤腰围都变紧了，只好在优衣库买了大号的裤装（我到现在才发现优衣库的内裤、睡衣、T 恤尺码种类居然那么多，真是太好了）。

前段时间体重下跌严重，最近又长回来了。但不是因为变胖，而是因为腹水吧。好痛苦。

第 三 章

9 月 02 日—9 月 21 日

9月2日（周四）

上周没能写成日记。

我的病情似乎已经进展到第三期了，接下来不知道还能写点什么。

虽然我逃离了自己恐惧的“疼痛”“反胃”“高烧”，但没想到身体浮肿竟也如此难受……

就连自己下周会变成什么样，我也完全无法想象。因为上周在家里摔了好几次，我终于还是把卧室搬到了一楼。

9月3日（周五）

今天意外迎来了阶段性的改变。

最近身体严重浮肿，今天又是接受访问诊疗的日子，医生先前还觉得帮我排腹水为时尚早，为此犹豫不决，这次跟我沟通完也果断表示："今天可以排了。你要尽快申请介护保险[1]，在家里备好医用病床。"

上午做完决定，下午医生就用粗大的注射器"咻咻"地帮我抽出2升腹水。2升，差不多能装一大塑料瓶……排完感觉腹内还有多余，但因为今天是第一次，就先到此为止。只不过是排掉了腹内2升水（或者该说正因为排掉了），身体就骤然变轻，整个人也松快了。

到了傍晚，医用病床也在客厅里安装好了。我家一楼明明只有两个人住，如今却放了三张床，简直像是野战医院。之后，

1　介护保险：随着日本社会老龄化的加剧，需要介护的高龄者人数不断增加，介护时间也趋于长期化，而出现的一种社会保险制度。年满40岁（分为40—64岁、65岁以上两种）的市民只需缴纳一定数额的保险金，同时国家和各地区政府补贴相应保险金，当其出现需要介护的情况（65岁以上人士无条件，40—64岁患有厚生劳动省指定的特殊疾病）时，向当地保险业者申请并通过认证，就能享受相应的介护服务，自己只需承担10%—30%的相关费用。

A 诊所的医生郑重其事地聊到我剩下的时间（医生先说了句“不知当讲不当讲”，如果我不想听也可以不听，但这会儿让我不听反倒更难，我自然是听了）。

最近，病情似乎进展得特别迅速。差不多可以以周为单位，见一见想见的人、做些想做但没来得及做的事了。听了这话，刚才还因排出腹水一身轻松的我和丈夫都僵住了。

“以周为单位”。我花了好一阵才听懂这话的意思，丈夫似乎立刻就懂了，脸色也唰地变白。安装病床的业者与诊所医生都离开后，丈夫对我说：“抱歉。真的很对不起，但我想出去喝一杯，一个人冷静一下。”说完就出门了。

虽然我俩一直同住孤岛，但过不了几周，丈夫就要回归本岛，这孤岛上也将只剩我一人。

据说丈夫走进车站附近的烤串店，发现一个客人也没有，这才猛然想起，“对哦，因为新冠疫情的影响，已经没人出来喝酒了”（顺带一提，长野县并未被划入“蔓防地区[1]”，店铺都还开着）。他独自喝了半小时左右，冷静下来，还给我买了烤鸡翅和饭团。真是个贤人。

1　蔓防地区（まん防）：随着新冠疫情影响的扩大，日本在 2021 年 2 月出台了“防止蔓延等重点措施”，对全国规定范围内特定区域的餐饮店等的营业活动做出限制，比如鼓励业者接受核酸检测、对入店者进行管理、禁止发烧人员入店等等。

9 月 4 日（周六）

或许是因为腹水排得太多，身体有些不适。好在前倾可以稍微缓解。但不管怎么排，腹水还是会源源不断地产生，到时只能再让医生用注射器抽出来。

想到自己残存的时间，自问有没有想做的事、想吃的东西、想见的人呢，一时间也没有答案。只要每天在家喝的超市袋装茶味道还过得去，我就心满意足了。

9月6日（周一）

终于，介护支援人员[1]也在我的人生中登场了。我一直以为跟介护支援人员打交道要等到母亲老后，没想到先麻烦他们的人竟是我。真是心情复杂。

1　介护支援人员（care manager）：基于《介护保险法》，为需要介护服务的人士提供介护服务管理的专业人员。

9月7日（周二）

哥哥和母亲来看我，这应该是最后一次了吧。虽然难以启齿，我还是跟他们聊了聊自己剩余的日子、死后的葬礼与墓地等相关事宜。墓地方面，原计划是等我死后，就埋在丈夫的父亲埋骨的大阪墓地，但我其实都无所谓。但哥哥和母亲觉得关西太远，不久前又在横滨给父亲修了墓，就想把我的遗骨分一半葬在那里[1]。

临别之际，母亲哭了。我很久没碰过她的肩膀，感觉她比以前瘦了，我也忍不住哭了。一听我说她瘦了，母亲便摇头道："最近点心吃太多，胖了1公斤。"因为是最后一面，我也握了握哥哥的手，印象中，上次拉哥哥的手还是在小时候。

话虽如此，癌症病人的辞世准备期也相当漫长。从4月确诊到现在9月，虽然时间稍纵即逝，但对告别这件事，我也已经考虑了很久。告别的话语怎么说也说不够。

1　日本人习惯在盂兰盆节给逝去的亲人扫墓，所以大都倾向于把墓地修在离家近的地方。

9月8日（周三）

今天大概也是最后一次接受S社S老师与K老师的探望。K老师从我连载《自转时公转的都小姐》时起，连续几年[1]都负责我的稿件，此前我也曾给K老师发过许多稿件。从页数上看，K老师大概是看我稿子最多的人。

讨论完这本日记相关的话题，我们最终还是握着彼此的手哭了。就算身处非常时期[2]，大家也没工夫考虑握手的风险，总之必须肌肤相触，才能获得安慰。

S社的S老师与K老师曾经送走了由花老师，这次又轮到我，真是让我无比愧疚。这种时候，我究竟该说什么呢?

活到这个年纪，任谁都会失去一两位亲近之人，这种事很常见，但人类毕竟是脆弱的，就算理所当然，我也没法不因此流泪。

两人走后，我家桌上还放着她们留下的漂亮花束、美味点心与可爱物件。

1　这篇小说最初是在月刊《小说新潮》上连载，从2016年1月到2019年5月连续或间断发表。连载完毕后经过修改和添加才出版单行本。

2　指新冠肆虐的时期，近距离接触可能有感染的风险。

9月9日（周四）

提出介护申请后，负责访问调查的人员今天来做了问卷调查。虽然网上有各式各样的诀窍和要领分享，但我觉得此时还是该认真讲述自己的状态。因为我希望他们能租借相关用具给我，所以并未对那些针对高龄者的问题心生抵触。话是这么说，但我真没想过自己会比父母还先提出介护申请啊……

9 月 10 日（周五）

病情进展到新的阶段，按先前的讨论，把止痛药从内服药换成了注射液，为此，要随身携带 PCA[1] 泵。那是一种比纸巾盒稍小的点滴注射器，能在 24 小时内不断向体内输送微量药物。

这种方式比内服药更好吸收。

虽然镇痛泵没有想象中那么碍事，但一戴上它就明确意识到自己是个病人。虽然我也早就是个病人了。

此外，一切都在有序地进行。我的医用病床换了更加柔软的床垫，床侧还加装了栏杆。

---

1 PCA：病人自控镇痛。医护人员将一个特制的储药泵通过管道连接在病人身上，药物通过这个泵以特定速度把止痛药物持续注入患者体内，达到镇痛效果。泵上有控制按钮，当患者自觉疼痛时，也可自己按压按钮，增加注药量。

9月11日（周六）

或许是因为最近出入家中的人太多，身体或者说精神上很疲惫。

也没精力写日记了。我原本不打算写这些东西，最后却连（PCA泵之类的）这些都写了。

起初，我只想把这本日记当成体验记录，所以特意没详写治疗、用药等内容，但最终好像还是写多了。不过，真要这么说的话，我从一开始就该什么都不写、什么都不留下……（况且从《再婚生活》[1]起，我就已经写多了）。

回头看，正是因为要写这本日记，我的脑子才一直没闲下来，这是好事。如果什么都不写，我的世界里大概就只剩“病和我”了。本以为写了这么多年小说，我也是时候摆脱“不得不写”的强迫观念了，但死期将近，“想写”的欲望还在，我也并未因此放弃写作。这本日记或许会让一些人感到不快，但我还想再写一段时间。

---

1 《再婚生活》：指作者在2009年出版的《再婚生活 我的抑郁症治疗日记》『再婚生活　わたしのうつ病闘病日記』。

9 月 12 日（周日）

今天本来有场我期待已久的演奏会，烦恼许久，最终还是决定不去。我既没有打疫苗，免疫力估计也下降了。总之，能活到今天，我已经很满足了。在新冠疫情的影响下，最喜欢的艺术家还能顺利举办演奏会，这已经很棒了。

9 月 13 日（周一）

今天是新书《香草女王》的发售日！

书能出版真是太好了。能等到这一天真是太好了。这次事出突然，好在得到各方人士的全力帮助，书才能顺利出版。我真的很开心。谢谢大家。

9 月 14 日（周二）

最近总是莫名感到疲惫，仔细想来，是因为连续一周以上都有人在家里进进出出。只要有人来，我就压力山大，还别说一会儿换药，一会儿排腹水，一会儿身体不适要请医生诊治，疲惫也很正常。

9月15日（周三）

或许是因为昨天刚换了镇痛泵里的基础止痛药，或许是因为类固醇的用量稍有增加，我今天的状态好了不少。

一旦状态变差，我就没精力再看SNS之类的平台，今天难得打开手机，看了会儿自己新书的评价。接着看到北大路公子[1]女士发的状态，说她生了病，这个冬天可能会用到假发。我颇受打击。说起来，我的病虽然也让我备受打击，但无论自己状态如何，认识的人生病总叫人难安。我们认识很久了，当时她还用“moheji[2]”这个昵称在网上写日记。此刻我虽然很想给她发个邮件，但还是拼命忍住了这股冲动，在心底祈祷moheji女士的康复。加油！虽然治疗让人煎熬，但还是要加油啊！不对，也不能加油过头，加油的同时，也要适当袒露脆弱哦！

1 北大路公子：日本的随笔家、小说家。

2 原文为平假名もへじ。此处用罗马音标识。

9 月 16 日（周四）

诊所的医护人员每天都来给我打点滴，托她们的福，我的状态很不错。所以久违地泡了个澡，简直太畅快了。

虽然丈夫每天都会帮我擦拭身体，但泡澡的感觉还是截然不同啊——

另外，丈夫帮我申请了个人编号卡[1]，今天还帮我去公所取回来了。我因为有驾照，一直没打算申请个人编号卡，但证件今年就该更新了，这才急忙让丈夫帮我申请。

还有还有，虽然话题与之前的无关，但就在半年前，我确诊患癌以前，我跟丈夫还不会这样互相帮忙，为了保持适当的距离，我们都是各管各的。现如今，无论泡澡还是到公所办事，我都会坦然地依赖丈夫。虽然不生病最好，但也是因为生病，从前那个固执的我才逐渐学会了依赖和撒娇。

---

1 个人编号卡：日文叫マイナンバーカード（my number card）。类似中国的个人身份证，日本于 2016 年开始推行个人编号卡制度，外国居民也可以申请，个人编号卡可以用来确认基本的身份信息、办理各类行政手续、网上交易等，但并不强制要求办理。

9月19日（周日）

社会上似乎正在放三连休假期。啊，说起来也是彼岸假[1]。按照往常，彼岸时节我大都是跟母亲一起去给父亲扫墓，但我很快就要去父亲那边了，想来真是觉得不可思议。

新书《香草女王》出版后，SNS上的读者感想也慢慢变多，我很开心。漫画家HIURA SATORU[2]女士对我大加赞赏。我们虽然曾在网上聊过几句，但最终没能见上面，真遗憾啊……话是这么说，但我觉得只在网上成立的关系也很美好。还有些人我连名字都不知道，比如某个大阪男性、某个只有头像的女孩。关系没有优劣之分，每当我有新书出版，他们都会给我发消息，堪称我心灵的支柱。真的非常感谢他们。

---

1 日本习惯以春分、秋分为中间日，把前后3天加起来（共7天）称为彼岸日。春分时期叫春彼岸，秋分时期叫秋彼岸。受日本佛教影响，春秋彼岸期间有扫墓的风俗。2021年的9月20日是全国公休的敬老日，也是秋彼岸的第一天，加上18、19日两天双休，连起来就是三连休。

2 HIURA SATORU：日本漫画家，女性，大阪人，真实姓名未公开。代表作有《萤之光》『ホタルノヒカリ』等。

9 月 20 日（周一）

昨天，我跟丈夫说了 HIURA SATORU 的事后，居然收到她本人发来的消息，邀请我参加她在“Voicy”[1] 上创建的频道节目。如果我没生病，一定会欣喜若狂地答应，只可惜目前身体状况不稳定，只好拒绝。

说起来，我不知不觉就撒了很多小谎。给 HIURA 女士回信时，谎称我眼下生病，正在疗养，以后有机会想去她住的城崎玩。写完又有点沮丧。

偶尔接到其他人的工作邀约，也只是回复我最近身体不好，期待下次合作。虽然我觉得没必要大咧咧地告诉大家“我已经没有将来了”，但撒谎方便，心里却不好受。对不起大家……

1　Voicy：日本的一款声音软件，可以在上面发布和收听各种声音内容。频道形式类似于播客。

9 月 21 日（周二）

最近的状态时好时坏。

今天没什么精神。诊所每天都会派人过来。

这本日记我也没法再靠自己语音录入了，最近都是丈夫帮我把手写的内容录入电脑。

我突然在想，这本日记究竟要写到什么时候呢。

往后估计不会有什么好事，但也并非没有可写的事。

打个奇怪的比方，就像一群人的聚会差不多要迎来尾声，我也想拍手[1]宣布，这本日记内容至此告一段落。为了那些还没喝够的（还没看够的）人，我或许还会拖拖拉拉写点类似第二摊[2]的东西，但眼下请允许我暂时画下句号。

写了这么多令人难受的事，感谢大家能读到这里。我真心觉得，无论有没有生病，都是因为读者的存在，我才能活到今天。

1　日本人在宴会或聚会中途告一段落时，会以拍手示意。

2　日本人聚会时，一群人吃完喝完，还会有第二摊，乃至第三摊，越往后人数越少，留下来的人通常也比较熟悉。

我也不知道自己还能活多久（应该还有好一阵子），记录这些日记的笔记本也还空了三分之一，无论要写什么，希望我能把它写完。

明天再见吧。

第 四 章

9 月 27 日—

9 月 27 日（周一）

告一段落，之后。

如今，大家好像都不怎么举行盛大的宴会了，就算中场拍手告一段落，也有人反应不过来，继续进入第二摊的场地（酒吧或是便宜的居酒屋）。写到这里，我突然想起眼下还处在新冠疫情期间，又急忙把刚才写的画掉了……

今天是 9 月 27 日（周一），在这 9 月的末尾，城市里终于阶段性地解除了事态紧急公告。虽然我不认为各方面很快就会迎来转机，但还是希望经济能稍微好转。

距离上次日记里说的告一段落只隔了一周，在那以后，我的情况时好时坏，反反复复。

缓和治疗其实就是对症疗法，简单来说，是用药物抑制和减轻病症，但我的情况不是很理想，只好增加对症的外服药，这些药物之间偶尔会起冲突，从而导致身体状况变差。

眼下，那些症状终于消失，我也稍微恢复了点精神。

此外就是偶尔会便秘，午睡时间急剧变长，发低烧，等等。单个症状都不严重，但加在一起就不轻松了。这样下去大概又不知道明天会如何，让人心力交瘁……抱歉，又拖拖拉拉写了这么多。但我感觉自己已经走出了一个巨大的低谷。

如果明天还能继续写，就明天再见。

9 月 28 日（周二）

今天过得有点莫名其妙。

首先我做了个怪梦。黎明时分梦到吃了烧牛肉会口臭，还把丈夫吵醒，跟他说了很多奇怪的话（我没吃烧牛肉）（此时我是有意识的），之后我没能按时起床（10 点约了医疗用品租赁公司），跟对方沟通的时候，整个人还迷迷糊糊的。再往后，诊所的医生来了，我以为自己终于清醒了，但后来听丈夫说，我还是半梦半醒的状态。到了下午两点左右，我说想吃杯面，大概这时才真正清醒过来，开始吸溜面条。

我也不知道写这篇文章是想表达什么。

据说手指出现麻痹感就说明肝脏不好，虽然丈夫挖苦我“怎么吃那么多杯面”，但我就是想吃。无论如何都想吃杯面。

还有，之前收到的福冈巧克力真的超级好吃。

最近两三天做的梦都很奇怪，但我蒙眬中的确是有意识的。

疼痛、难受、恶心、浮肿都消失了。

但总感觉自己越来越奇怪。

看了海野津波[1]女士的*Travel Journal*[2]。非常好。我也好想写写那种题材的小说啊。

1 海野津波（海野つなみ）：日本漫画家，女性。代表作有《逃避虽可耻但有用》『逃げるは恥だが役に立つ』。

2 *Travel Journal*：《旅行日志》。

9 月 29 日（周三）

唯川女士又来探望我了。人际关系还真是会产生奇妙的化学反应。彼此住得近或住得远、其中一方工作顺利或不顺、生病或是衰老，只要些微变化，就会影响两人的相处氛围。

我跟唯川女士的关系似乎比以前更亲密了，真令人开心。

今天聊到唯川女士以前把搜罗的名牌包放在家里，结果被小偷偷走的事，两人都笑了（对不起）。还有我们一同去巴厘岛旅行，最后买到假的香奈儿，只好苦笑着把它留在那儿的事也叫人难忘。

人与人的关系不局限在男女、女女、男男之间。也不只有恋爱、密友等关系。我此刻感受到一种轻飘飘的幸福，觉得彼此从未远离、缓慢保持自转公转的关系也很美好。[1]

1　山本文绪在《自转时公转的都小姐》里借男主角之口提到，地球飞速自转的同时还要围绕太阳公转，可以说是呈螺旋式在宇宙中飞奔；太阳也不是静止不动，而是呈旋涡状在银河系里盘旋，以地球和太阳来比喻人和人的关系，可以说，我们没有一刻能回到同一个轨道上。

这天夜里，我睡得很沉很香。虽然睡得好，但迟迟没能清醒，早上按下闹钟下床时，脚上没有力气，结结实实摔了个屁股着地。

10 月 4 日（周一）

昨天到今天发生了很多怪事，但好像都是我怪异的想法所致。至此，这本日记的第二摊也差不多该收尾了。我太困了，虽然医生、护士、药剂师都围在我床边对我大声说话，但回应她们已经耗尽我全部的力气，对面王子[1]的声音也听不清了。原谅我今天只能写到这里。如果明天还能继续写，就明天再见。

---

1 王子是作者对第二任丈夫的昵称。

2021年10月13日10点37分，山本文绪女士在家中离世。受新冠疫情影响，于附近举行的守夜和葬礼只邀请了少数人参加，2022年4月22日在都内宾馆召开了追思会。

作者介绍

山本文绪：1962 年出生于神奈川县。当过上班族，后在文坛出道。1999 年凭借《恋爱中毒》获得吉川英治文学新人奖，2001 年凭借《涡虫》获得直木奖。2020 年出版的《自转时公转的都小姐》获得 2021 年岛清恋爱文学奖、中央公论文艺奖。作品有《有家可归的恋人们》《睡着的长发姑娘》《绝对不哭》《群青之夜的羽绒毯》《然后，我就一个人了》《落花流水》《第一顺位》《再婚生活》《阿卡贝拉》《海滨》《香草女王》《残留的呢喃》等等。2021 年 10 月 13 日，因胰腺癌去世，享年 58 岁。